文春文庫

幻庵

中

百田尚樹

文藝春秋

幻庵（中）　目次

幻庵（上）目次

幻庵（下）目次

幻庵中巻　主要登場人物

■井上家

幻庵因碩（吉之助→橋本因徹→服部立徹→井上安節）主人公。十世井上家当主。
赤星因徹（千十郎→因誠）幻庵の弟子。
服部因淑（虎之介→佐市→因徹）井上家外家の服部家当主。「鬼因徹」。幻庵の育ての親。
服部雄節（黒川立卓）因淑の養子。もとは安井仙知門下。
道節因碩　三世井上家当主。名人碁所。
春達因碩　六世井上家当主。因淑の師。
因達因碩（吉益因達）七世井上家当主。因淑の兄弟子。
春策因碩（佐藤民治）八世井上家当主。
因砂因碩（山崎因砂）九世井上家当主。

■本因坊家

丈和（葛野丈和）幻庵因碩の悪敵手。本因坊家跡目。
元丈（宮重楽山）十一世本因坊。
丈策（岩之助）元丈の長男。十三世本因坊。
奥貫智策　丈和の兄弟子。坊門の麒麟児。
水谷琢順　本因坊家の塾頭格。元丈の相談相手。
道策　四世本因坊。囲碁史上最高の天才。
察元　九世本因坊。名人碁所。「碁界中興の祖」。
烈元　十世本因坊。

■安井家

安井仙知（坂口仙知。七世仙角仙知）七世安井家当主。坂口仙徳の長男。
知得（磯五郎→中野知得）八世安井家当主。
桜井知達　天才少年。

■林家

林元美（舟橋元美）十一世林家当主。
林柏悦　元美の実子。

幻庵（中）

第四章

桶狭間

一

文化十一年(一八一四年)、十七歳になった服部立徹は、この年を飛躍の年にしようと決意した。己はもはや少年ではない。

一月十五日、立徹は稲垣太郎左衛門宅で葛野丈和と対局した。

丈和には前年の秋から暮れにかけて負けが込み、定先(二段差)になってからも通算で二つの負け越しとなっていたが、立徹はいささかも自信を失ってはいなかった。前日は桜井知達相手に打った碁で何かを摑んだ感触があり、この日の対局にも大いに気合が入っていた。

この碁もいつものように序盤から両者が激しく戦ったが、立徹が中盤で丈和を圧倒し、中押しで勝った。これで星を再び五分に戻した。その碁譜を見た父の服部因淑は、「もはや先の碁ではない」と言った。

その言葉通り、翌月の二月十一日の碁会でも、立徹は丈和に快勝した。

立徹自身、この二局で、己の碁が変わったのは錯覚ではなかったと思った。先日の知達との対局で得たものは大きかった。

もはや丈和には先では容易に負けない――。

十日後の二月二十一日、立徹と丈和は愛宕下の大和国小泉（現・奈良県大和郡山市）藩の上屋敷に呼ばれて対局した。藩主である片桐主膳正貞彰は碁好きで知られ、この日は江戸の碁好きたちも観戦者として大勢招かれた。

この碁、丈和は最初から凄い気合いで打ってきた。なんと二手目から空き隅を打たずに、右上の黒にかかってきたのだ。三手目黒が左上の目外しに打つと、丈和は四手目でそれにもかかってきた。こうなれば戦いは必至だった。立徹も丈和の気合いを受け止め、まもなく激しい乱戦となった。

二十四手目、丈和が左辺の弱い黒石に狙いを定めた。手を抜けば黒石は危ない。しかし立徹はそれを放置して、上辺にツケコシを打った。丈和は左辺の急所にオキを打った。立徹はそれも手抜きして上辺を大きな黒地にした。

左辺の黒は「取れるものなら、取って見よ」という傲然たる開き直りである。

怒った丈和は一気に殺しに来たが、立徹はそれを待っていた。そして見事な手筋を駆使してしのいでしまった。このシノギの筋は丈和も観戦者たちも（中には有段者の強豪もいた）誰も読めていなかった。

立徹のヨミが丈和のヨミを上回った局面だった。だが、そこで碁は圧倒的によくなったわけではない。丈和は左辺を生きられた代わりに大きな厚みを築いていたからだ。

立徹にはその厚みを働かせない自信があった。厚みを消すという手は打たず、逆に右辺から上辺に模様を張った。模様の張り合いなら負けないと主張したわけだ。

右辺を大きく地にされては足りないと見た丈和は、激しい気合いで模様に打ち込んできた。立徹はその石を攻めながら、左辺の白の厚みを消した。

丈和は下辺を劫にして黒の上辺を大きく破ったが、立徹は下辺の白石を殺した。差は縮まるどころか逆に開いた。丈和は勝負手を連発したが、立徹はことごとく防ぎ、白にまったく付け入る隙を与えなかった。

百四十一手で丈和は投了した。立徹の完勝だった。

憮然とした丈和は「まだ陽がある。もう一番打とうではないか」と言った。

これには主催者の片桐公も観戦者たちも驚いた。一同は立徹の顔を見た。

「もう一番と言われましても――」立徹は答えた。「これから打つと、本日中には打ち終わりますまい」

すでに夕刻が迫っていた。

「逃げられたか」

丈和の言葉に、立徹はむっとした。

「挑まれれば、いつでも打つ用意はあります」

立徹はそう言って片桐公の方を見た。

片桐公は落ち着いた口調で言った。

「たしかに今から打てば、終局は朝になるかもしれぬ。だが、こちらにその準備がない。どうであろう。亥の刻（午後十時頃）で打ち掛けということならば、いかがでござろうか」

片桐公の提案に、立徹は少し考えてから答えた。

「後日に必ず打ち継ぐということならば」

当時、打ち掛けの碁は、そのまま打ち継がないことはよくあった。稽古碁、あるいは親善の碁や催事で打たれる碁では、最初から打ち掛けを前提にしたものもあった。また勝負碁ではあっても、打ち掛けのまま終わることは決して珍しくはなかった。そこで立徹は打ち継がれることを条件にしたのだ。

ただ、勝負をつけるとなれば、報酬なしで打つということはできない。つまりこの二局目が打たれるためには、二人の碁打ちに新たに懸賞が出される必要があるということだ。

片桐公が観戦者たちに同意を求めると、全員が了承した。これほど面白い碁を続けて見られるのならばと、一局目よりも懸賞金の額が上がった。

こうして異例の二局目が行なわれた。

この碁は丈和も序盤から慎重に打ち進めた。急戦を仕掛けると危険と見たのかもしれない。二人の碁にしては珍しくゆっくりした形で始まったが、立徹が中盤から大きな構想力を見せた。五十五手目、立徹が上辺を手抜きして、右辺を力強くオシた手が全体を睨んだ好手だった。

ここで片桐公が二人に声をかけ、打ち掛けを提案した。すでに取り決めの亥の刻を過ぎていた。立徹も丈和も打ち掛けに異存はなかった。

「この碁は後日必ず、打ち継ぎの場を作る」

片桐公の言葉に、二人の対局者は一礼すると、碁石を片付けた。

翌月の三月朔日(ついたち)、立徹は浅草の清光寺(せいこうじ)の碁会で丈和と打った。片桐公宅での打ち掛け局とは別の碁である。当時はこういうことはよくあった。

激闘に次ぐ激闘だったが、立徹が三目勝ちした。

さらに五日後、稲垣有無翁(うむおう)の碁会で、両者は再び別の対局をし、これも立徹が中押しで勝った。

この勝ちで立徹は三番勝ち越しとなり、丈和をカド番に追い詰めた。

この対局の後、立徹は父因淑から四段を認められた。この昇段に対しては家元からも異存の声は出なかった。十七歳での四段はかつての智策を上回る。この昇り龍の立徹の勢いは、もはや丈和でも止めることはできないだろうと言われた。

丈和と立徹の碁譜を見た本因坊家の当主、元丈も立徹の急成長を認めた。

碁が一段と大きくなっている。直近の四局は先で丈和を圧倒している。とはいえ力はまだ丈和がわずかに上である。段位も立徹の四段に対して丈和は五段だ。もっとも両者とも力は段位を上廻っている。ただ十一歳という年齢差を考えると、その差はないに等しい。まして今、立徹は凄まじい勢いで伸びている。そのままいけば、数年以内に丈和に並び、追い抜くだろう。

智策が亡くなって一年半が過ぎていたが、元丈はいまだ跡目を定めていなかった。門下の実力第一は丈和である。それは衆目の一致するところである。彼を跡目に据える決断ができなかったのは、他でもない立徹の存在があったからだ。もし立徹を坊門に迎え入れることができたなら、跡目候補の筆頭になるであろう。

しかし立徹は服部因淑の掌中の珠である。おいそれと頂戴したいとは言えない。

ただ、服部家は家元ではない。いかに立徹が強くなっても御城碁に出ることは難しい。外家でも七段になれば許されようが、外家では滅多に七段にはなれないし、たとえなれたとしても、その頃にはもう打ち盛りを過ぎている。もし因淑が我が子の立徹を華々しい世界で打たせたいと望むなら、本因坊家に差し出すことも拒みはしないはずだ。

元丈が躊躇していたのは因淑への気遣いからだけではなかった。彼は丈和の碁の中に、得体のしれぬ何かを感じていたのだ。

丈和は若いころから不思議な碁打ちだった。筋も悪く、形も悪く、鋭さもない。しかしヨミだけはある。こういう打ち手は在野の賭け碁打ちに多い。彼らの中には、四段五段くらいの家元の碁打ちなどつぶしてしまうような化け物もたまにいる。ところが丈和はそんな碁打ちとも違っていた。これまで何局も丈和と打っていたが、一局のうちに何度か盤面から妖気のようなものが漂うのを見た。そんなものは他の誰にも感じたことはない。

元丈はその妖気の正体を知りたかった。それは丈和の持つまだ見えない強さが顔を出したものなのか、それとも単なる錯覚なのか――。

ただ、現実には立徹が丈和に肉薄している。先々先になるのはまもなくのことであろう。はたして丈和と立徹の距離はどれくらいなのか。碁譜からだけでは本当の強さは見えない。直接に烏鷺を戦わせてこそ、力が見える。

元丈は立徹と打ってみようと思った。

その春、元丈は服部家に使いを出した。

二

文化十一年（一八一四年）三月十日、本所の本因坊家において元丈と服部立徹の初手合が持たれた（残された棋譜には三月とだけ記載され、日付は書かれていない）。

手合割は八段の元丈に対して四段の立徹が二子である。

この年、本因坊元丈と安井知得はともに八段に昇っていた。その前から二人は八段格で打っていたが、碁界の長老である安井仙知と同段では申し訳ないということで、段位は長らく七段に据え置かれていた。智策と丈和の段位が実力より下に置かれていたのも、そのためだった。

元丈は知得から、立徹とは二子で一局打ったと聞いていた。「打ち掛けで終わったが二子の手合ではなかった」と知得は言っていた。おそらくそうであろうと元丈も思った。丈和に対して先で圧倒する力があれば、段位は優に五段を超える。二年前は智策が二子でこなしていた少年ではあるが、今やその魚は龍に化けつつある――。

元丈と立徹の碁は道場で、多くの門下生が見守る中で打たれた。そこには丈和の姿もあった。

碁は最初から激しい戦いになった。

これは元丈が立徹の力を見るために敢えて戦いを仕掛けたからでもあった。立徹は元丈に対してまったく怯むことなく堂々と戦いを受けて立った。

上辺から始まった戦いは火を噴くような凄まじいねじりあいになり、どちらが攻めているのか攻められているのかわからない苛烈なものになった。少年の着手にはいささかの迷いもない。

元丈は心の中で感嘆した。この少年は相手が誰であろうが、まったく臆するところがない。己のヨミに全幅の信頼を置いて打っている――。

戦いは全局的なものになったが、二子の効力は大きかった。立徹は有利に戦いを進め、競り合いながら各所で地を取った。

このままでは地合いで大きく遅れを取ると見た元丈はさらに戦線を拡大した。それは幾分無理気味の手でもあった。立徹は鋭く踏みこむと、白の急所を一撃した。

元丈はしのぎつつ戦いを続行したが、少年の攻めは強烈で、ついには防戦一方となった。

やがて盤面で信じられないことが起きた。元丈の大石の生きが見えないのだ。

元丈の手が止まった。観戦する門下生は皆、緊張の面持ちで盤面を見つめた。二子置かせているとはいえ、八段の元丈師がわずか八十手ほどで潰れるとは信じられない。相手は十七歳の少年である。どこかにシノギの妙手が潜んでいるはずだ。丈和もまた同じく必死で盤側から変化を読んだが、生きる筋は見えなかった。

静まりかえった道場に雨の音が聞こえてきた。

異様な沈黙を破ったのは元丈の笑い声であった。

元丈は豪快に笑うと、「参った」と大きな声で言った。

立徹は一礼した。

「いや、それにしても見事にやられた。四段の技ではない」

「恐れ入ります」

「いずれは七段上手（じょうず）、いや八段半名人も狙える器である」

元丈の言葉に坊門一同が驚いた。慎重に言葉を選ぶ師がこれほどまでに褒めることは珍しい。つまりは心から服部立徹の才を認めたということだ。

立徹もまた全身の血が熱くなった。

「ただ、いかに強くなろうとも――」元丈は立徹の顔を覗きこむようにして言った。

「家元の跡目にならぬ限り、在野の強豪で終わる」

「それは承知の上」

立徹は元丈の視線を受け止めて答えた。

二人はしばらく見つめ合った。元丈の表情は優しく柔和であったが、その目はどこか憐れむような色があった。

やがて元丈は小さく頷くと、碁石を片付けた。立徹もまた無言で石を碁笥にしまった。

立徹が本因坊家を出る時には雨は小降りになっていたが、しばらく行くと急に強い降りになってきた。

傘を持たなかった立徹は雨に濡れたが、そんなものは少しも気にならなかった。ずっと心を占めていたのは、元丈の言葉だった。耳の奥にその言葉が何度も蘇った。

まさしく彼の言う通りであった。かつては「鬼因徹」と恐れられ、優に七段の力を持つ父因淑も、家元の当主でないばかりにいまだ六段に甘んじ、御城碁の出仕も認められていない。数年前に御城碁出仕を許されるという話があったが、結局、家元たちの反対で立ち消えになったと聞く。

幼い頃は碁打ちを取り巻く事情が見えていなかった。ひたすら強くなることだけを目指して、一心不乱に精進した。強くなりさえすれば、いずれは名人になれると思い込んでいた。だが、いかに強くなろうと、家元の跡目にならなければ、八段半名人はおろか七段上手さえもまず認めてもらえぬし、名人などは夢のまた夢で終わる。

立徹はそれが自らの運命であると悟っていた。自分が今日あるのは父因淑のおかげである。因淑の薫陶を受けなければ、名もなき碁打ちでいたであろう。自分が目指すべきは「碁所(ごどころ)」の座ではない。「名人」という神域の芸を持った打ち手になることだ。たとえ「名人碁所」になれなくとも、後世の碁打ちたちが「服部立徹こそ、まさしく真の名人であった」と語るような打ち手になることが己の目指すものであった。

しかし元丈の言葉は、悟っていたはずの心に深い傷をつけた。

いつのまにか立徹の全身はずぶ濡れになっていた。

――いかに強くなろうとも、家元の跡目にならぬ限り、在野の強豪で終わる。

もう一度その言葉を思い出したとき、そこには別の意味があることに気付いた。それは、もし家元の当主たちを圧倒するほどの強さになれば、彼らに対局を忌避されるかもしれぬということだった。それならば名人はおろか八段にも昇れぬ。元丈の目に憐れみが見えたのも、だからこそだ。

立徹は立ち止まり、元丈の顔を思い出そうとした。あの目は何かを問うているようでもあった。

――お前はそれでいいのか？

元丈の目はそう言っていた。その問いに対する答えは出ない。なぜなら自分にはどうすることもできないからだ。

立徹は迷いを振り切ると、帰宅を急いだ。

家に戻ると、父はまだ起きていた。

因淑は行灯の灯で碁を並べていた。五十歳を超えた今も日々、研究は怠らない。また碁の本も執筆していた。

「どうであった」

因淑が碁盤を見つめたまま訊ねた。

「勝ちました」

立徹の言葉に因淑は頷いた。

「ご覧に入れましょうか」

「それには及ばぬ」

因淑は碁盤に石を並べながら答えた。

「いかに元丈殿が強くとも、お前の二子を支え切れるはずがない」

さすがは父だと思った。おそらく自分の碁を並べて見ているだけで、何かが変わったことを見抜いていたのだろう。

実際、元丈との碁は会心の出来に近かった。剛腕で鳴る本因坊家の当主に真っ向力勝負を挑んで、これを潰したのだ。もはや二子では誰にも負けぬ自信があった。智策と打てぬのが悔しかった。二子の手合のまま智策は亡くなったが、今なら百手以内に粉砕してみせる。

二子で負けぬということは、元丈と知得に対しても先二（三段差）以上の手合ということになる。段位で言えば五段である。仮に二人に定先（二段差）となれば六段である。

「どうかしたのか」因淑が訊ねた。「何か心配事でもあるのか」

父の言葉に、立徹は少し動揺した。

「いえ、何もありません」

因淑は立徹の顔を見て、にやりと笑った。

「お前は昔から、すぐに顔に出る」

立徹は自分の顔がほてるのがわかったが、暗い行灯の灯ではそこまでは見えぬと気付いてほっとした。

「何もありませぬが、ただ――知達のことが心配で」

内心の動揺を気取られぬようにごまかしたが、知達の体が心配なのは嘘ではなかった。

「桜井知達は今、仙知殿の隠宅で養生していて、秋には薬研堀の道場に戻ると聞いている」

「そうなのですか」

「知達は若い。ゆっくり養生すれば恢復するであろう」

「はい」

立徹は早く知達と打ちたいと思った。知達とは一生を懸けて戦っていく予感があった。

その時、知達はいずれ安井家の跡目になる男であるということに気付いた。そしてやがては名門安井家の棟梁（とうりょう）となる。一方、自分は囲碁の家元ではない服部家を継ぐだけの碁打ちである。陽のあたる道を往く知達に対して、陰の道を往くことになる——。

ふと顔を上げると、父がじっと自分を見つめていた。

「父上、何かおっしゃりたいことでも——」

「いや、何でもない。今宵は疲れているであろう。早く休め」

立徹は一礼すると、部屋を辞した。

自室に戻って寝床に入っても、なかなか寝付けなかった。対局の夜はいつも頭が冴え、すみやかに眠りに就くことができなかったが、この夜、寝られなかったのはそれだけではなかった。

三

元丈と打った十日後の三月二十日、立徹と丈和は小泉藩の上屋敷において、約束していた打ち掛けの碁を打ち継ぐことになった。およそ一ヶ月ぶりの打ち継ぎだった。

その間に立徹は二連勝して丈和をカド番に追い込んでおり、この碁に勝てば、手合は先々先（せんせんせん）（一段差）に変わる。その意味でも注目の大一番だった。

十七歳の立徹がこの年に入って急速な成長を遂げていることは江戸の碁好きたちには知られていた。十一歳年上の丈和に対しても四連勝しており、先日は元丈に二子で圧勝したこともあり、この日に集まった多くの者が立徹に賭けていた。おそらく立徹が丈和を打ち込むであろうと言われていた。

二人は一礼すると、藩主である片桐貞彰公以下、観戦者の居並ぶ中、一ヶ月前の碁を並べた。上辺で戦いが一段落し、立徹が右辺の石をノビたところで、丈和が小さく頷いた。ここまでが前回までの碁だった。

形勢は互角だった。

ただ、丈和は一抹の不安を覚えた。このひと月、立徹の碁は何かを会得したように大きく変わっている。それは先日の師匠との碁を見ても明らかだった。二子置かせていたとはいえ、元丈師がわずか八十二手で潰れるとは信じられなかった。立徹の迫力は盤側で見ていてもぞっとするほどだった。昨年は先二で打っていた相手に、わずか一年で先々先に迫られるとは思ってもみなかった。これが若さか――。しかし易々とは負けられぬ。

丈和が負けられぬと思ったのにはもう一つ理由があった。もしかしたら師は立徹を坊門に迎え入れようとしているのではないかという疑念だった。

あの日の対局の後、師が立徹にかけた言葉も気になっていた。「家元の跡目にならぬ限り、在野の強豪で終わる」という言葉は、坊門に入れという示唆ではあるまいか。あれ以来、師は立徹の碁を何局も並べていた。盤面を見ながら何度も感心したように頷く様は、まるで愛弟子の碁を並べているようにも見えた。

兄弟子の智策が亡くなってすでに一年半も過ぎていたが、師の口から跡目の話は一度も出ない。もしかしたら師は立徹を跡目に考えているのではないだろうか——いったん心に浮かんだその疑心は丈和を苦しめた。いくら消そうとしても消えず、それどころか膨らむ一方だった。

もともと坊門の跡目になるつもりなど微塵もなかった。兄弟子の智策が跡目に内定していたし、実力的にもまるで及ばなかった。いずれは部屋を出て、囲碁道場でも開いて、生計を立てようと思っていた。ところが智策が亡くなり、門下では実力筆頭の位置に座ることになった。その結果、夢にも思わなかった坊門跡目という地位が急に目の前にちらつきだしたのだ。跡目になれば、いずれは名門本因坊家の棟梁となり、上様の前で碁を打つ——。それは想像するだけで、体中がほてるような喜びだった。

しかし、もし立徹が坊門に入れば、その夢は幻のごとく消え去る。元丈師が立徹を服部家から貰い受けることになれば、跡目の内定という条件以外に有り得ない。

だからこそ、この碁に負けるわけにはいかなかった。カド番をしのぎ、立徹との定先を維持し、逆に再び先二に打ち戻す。先二ともなれば圧倒的な差である。そうなれば師も立徹を坊門に迎え入れることはないであろう。

碁が再開された。

丈和は右辺に手を抜き、上辺の黒一子をアテた。この手は上辺の黒の様々な味を消し、同時に中央への力を溜めた手だった。立徹は左上隅の白を封鎖すると、右上隅の大きなところを打った。丈和はすかさず左辺に打ち込んだ。

立徹はその石を大きく攻めた。白は何とか中央に逃げたが、目はなかった。生きる手はあったが、それを打てば大勢に遅れる。丈和はその石を放置して、右辺で新たな戦いを起こした。その戦いから局面を複雑にして中央の石をしのいでしまおうという丈和ならではの強手だった。

立徹は腕組みして考えた。ここが一局を左右する勝負どころだと睨んだのだ。観戦する一同も立徹がどう打つか緊張して見守った。

長考すること約半時（はんとき）（一時間）、立徹は自ら納得するように小さく頷くと、右下隅を固く打った。一見戦いを避ける手に見えてさにあらず、右辺の白を敢えて中央に追い出し、左辺の白とのカラミ（二つの石を同時に攻める）を見た手だった。

丈和の手が止まった。二つの石の連絡は不可能だった。右辺から打てば左辺の石が痛む。左辺から打てば右辺の石が危うくなる。地合いは白が有利だったが、どちらかの石が死ねば逆転だ。

丈和の顔が苦渋に歪んだ。長考の末に覚悟を決めた丈和が打ったのは、まず左辺は力でしのいでしまおうという手だった。

立徹は左辺の石にじりっと迫った。その手は白に上辺の石との連絡を強要する手だった。丈和は再び悩んだ。上辺の石に繋がれば左辺の白石は生きることができる。だが、黒に下辺を大きくまとめられて、碁は負ける。

居並ぶ観戦者たちはここに至って立徹の大胆な作戦に感嘆した。

丈和は上辺と連絡をする手を打たず、下辺になだれ込んだ。取れるものなら取って見よ、という気合いだった。立徹は間髪いれずに打ち込んできた石を切断した。丈和は妖手ともいうべき難解な手を次々と放った。立徹が一瞬でも怯めば、白は生きる。しかし少年のヨミは完璧だった。

ここまでくれば観戦者の目にももはや白の大石に目がないことは明らかだった。

丈和はしばらく盤面を睨んでいたが、やがて落ち着いた声で「参りました」と言った。

立徹が初手合から二年弱で丈和を先々先に打ち込んだ瞬間であった。

「見事にしてやられた。さすがは立徹」

丈和がそう言って白い歯を見せた。観戦者たちは丈和の堂々とした態度に感服した。

「感想をするか」

　丈和が立徹に声を懸けた。

「お願いします」

　二人は石を片付け、初手から並べながら、一手一手感想を述べ合った。

「ここらまでは互角であったが――」丈和は打ち掛けのところで言った。「左辺の打ち込みがことを急いだかもしれん。捨てて打つ手もあったか」

「そう来るかとも思っていました」

　二人は短い言葉をかわしながらその変化を並べた。

　途中まで並べたところで、立徹が「これもまた難しい変化です」と言ったが、丈和は答えなかった。

「黒がナラビを打てばどうだったでしょうか」

　立徹は重ねて訊いたが、丈和は無言で石を並べた。

　その時、観戦者一同は顔を伏せた丈和が声を殺して泣いているのに気付いた。膝の上に涙がぽたぽたとこぼれている。立徹も一瞬、石を並べる手を止めた。

　一瞬、部屋の中に異様な空気が流れたが、立徹はすぐに何事もなかったように変化図を並べた。丈和もまた顔を伏せたまま涙を拭おうともせずに盤面に石を置いた。観戦者たちも皆一様に沈黙してそれを見つめていた。

　やがて無言の感想が終わり、二人は石を片付けた。

丈和は「これにて失礼つかまつります」と言うと、一同に丁寧に辞儀をして部屋を退出した。

丈和が去った後、対局の主催者である小泉藩主、片桐貞彰が静かな声で言った。

「大人の碁打ちが泣くのを見たのは初めてだ」

一同は頷いた。

「少々みっともないものでございましたな」

一人の侍が苦笑交じりに言った。

「いや」と片桐公は言った。「わしはむしろ丈和殿に感服いたした。まさしく全身全霊をかけて打てばこその悔しさであろう」

口を挟んだ侍は顔を赤くした。

片桐公の言う通りだと立徹は思った。自分もまた丈和の涙にある種の恐ろしさを感じていた。

ついに丈和に対して先々先になったが、これからが本当の戦いだと思った。互先への道程は楽なものではないだろう。しかしそれを乗り越えれば、七段上手は目の前だ。そして二十歳までには八段半名人に上がる。たとえ家元の碁打ちになれずとも、実力で天下第一になる——。

本因坊家に戻った丈和に対して、元丈は「如何であったか」と訊いた。

丈和は一言、「負けました」と答えた。

元丈はしばらく黙っていたが、やがてぽつりと言った。

「すると――」と元丈は言った。「手合が変わったな」

丈和は頷いた。

「智策は立徹に対して、最後まで先で打つことはなかった」

「はい」

丈和はそう答えながら、心のうちで、もし局数を打っていればさすがの智策でも立徹には定先まで迫られたであろうと思ったが、それは口にはしなかった。

「お前が坊門を継ぎたいならば――」元丈は静かな声で言った。「立徹を再び先に打ち込んでみよ」

「承知つかまつりました」

丈和はそう答えたものの、その自信はなかった。それどころか、はたして先々先をどこまで維持できるだろうかと思った。

元丈は「精進せよ」と言うと、自室に戻った。

丈和は道場で立徹との碁を並べた。途中までは一ヶ月前に打たれたものだが、この日に打たれた手は、明らかに何かが違っていた。ヨミも凄いが、盤面全体を見た大きな構想力がある。並べれば並べるほどに、戦慄した。自分よりもはるかに碁の才にあふれている。とんでもない小僧だ、と思わず呟いた。こんな天才少年と戦っていかねばならない己の不運を嘆いた。

しかし次の瞬間、闘志が腹の底から湧きおこってきた。十一歳の年齢差が何ほどのものか。立徹が強くなるなら、自分はそれ以上に強くなればいいだけのこと。難しいことは何も考えることはない。碁盤の上での唯一の真理は、どちらが強いかだけだ。その強さを決めるのは、才能でも年齢でもない——勝つことだ。

四

立徹が丈和に先々先(せんせんせん)に迫ったことは、江戸の碁好きたちにたちまちのうちに知れ渡った。

本因坊元丈と安井知得は別格として、智策亡き後、今、最も打てる碁打ちと見られていた丈和に、その若さで肉薄したとなれば、いずれは七段上手に昇段するかもしれぬ。ただ、家元ではないだけに、四家は彼をどう扱うのだろうかとも噂された。

その年(文化十一年)の五月二十一日、稲垣太郎左衛門宅で、立徹と丈和の対局が持たれた。

この碁は定先から先々先に手合が変わってからの初番であり、この場合は上手（うわて）の先番から行なわれる。

丈和の先番の強さには定評があった。近年は先番ではほとんど負けなしで、あの智策でさえ最後の一年は丈和の先を崩すことはできなかった。また師の元丈も記録の上では丈和の先に一度も勝っていない。

下手（したて）が先々先の手合割を互先（たがいせん）にするためには、四番勝ち越さなくてはならないので、両者がすべて先番を勝ったとしても十二番打たねばならない（●○○●○○●○○●○○で八勝四敗）。途中一度でも先番を落とせば、さらに少なくとも六番打たねばならない。また、それまで定先で打っていた相手であるだけに、下手が自分の先番をすべて勝つのは至難の業（わざ）である。それらを考えると、先々先と互先の壁は非常に大きいと言える。

立徹は丈和相手に初めての白番に武者ぶるいした。丈和の先番の強さは碁譜からもわかっている。だからこそ余計に燃えた。

立徹は最初から激しく戦った。江戸時代の碁にはコミがないので、白番は目いっぱいに打たないと地合いで追いつけない。戦いが起こっても互角の分れだと、先番の有利を覆すことができないのだ。多少は無理気味の戦いを仕掛けないと、勝機を見出せない。

丈和は立徹の攻めをがっちりと受け止めた。黒番では激しく戦う必要がないからだ。

この碁、丈和は固く打とうと決めていた。少なくとも自分からは仕掛けない。血気にはやる立徹は必ずやってくる。

思った通り立徹は序盤から厳しくやってきた。左下隅で強引な戦いを仕掛けてきたが、丈和は守りながら反撃の機会を窺(うかが)った。

立徹は攻撃が幾分空回りしたと思ったか、いったん攻めを保留して、下辺に大きく開いた。立徹が見せた一瞬の隙だった。丈和はすかさず右下隅にカカリを打った。立徹の顔が歪んだ。受ければ、もう攻めは効かない。

長考した立徹は、そのカカリの石を攻める手を打ったが、それは腰の伸び切った手だった。そのまま黒地の中に飛び込み、力任せに攻め立てた。

丈和は落ち着いてそれをすべて受け切った。最後は逆に攻めていた白が死んだ。

観戦していた一同は丈和の先番の強さにあらためて舌を巻いた。


先々先の初番を落とした立徹だったが、落胆はしなかった。むしろ、この一局でいけるという感触を摑(つか)んだ。丈和の先番はたしかに強い。だが、歯が立たないわけではない。敗因は気合いが勝ちすぎて強引に攻めすぎたことだ。次に白で打つ時は、その轍(てつ)は踏まぬ——。

立徹は四日後、稲垣太郎左衛門宅の碁会で、本因坊家の塾頭格である水谷琢順(みずたにたくじゅん)と打った。実はこの碁も水谷琢順に対しての先々先の初番だった。水谷琢順とはその年の初めに定先から先々先に手合を直していた。これもまた注目の一番だったが、立徹は白番で琢順を圧倒し、わずか百二十手で中押し勝ちした。五段の琢順を白番で破った立徹の評判はさらに上がった。

その月の終わり、立徹は木村甚右衛門宅の碁会で知得と打った。前に一度、安井家での打ち掛けの碁があったが（碁譜は残っていない）、それは半ば稽古碁のようなもので、懸賞付きの真剣勝負は初めてだった。

この年、三月に元丈、五月に知得と、碁界の重鎮が立徹と初手合を持ったのはたまたまではない。服部立徹がそれだけ注目されていたということだ。

八段の知得に対して四段の立徹の手合割は二子で、これは元丈に対する手合と同じである。ただ、この頃の立徹の力は四段をはるかに超えていた。さしもの知得もほとんど一方的に攻めまくられ、わずか八十手で中押しに敗れた。元丈、知得という名人格の二人をもってしても、立徹に二子置かれては碁にならなかった。

七月、立徹は安井門の強豪、鈴木知清（ちせい）と打ち（立徹の先番）、圧勝した。

立徹の力が段位をはるかに超えているのは、もはや誰の目にも明らかだった。

鈴木知清と打った翌日、立徹が自室で碁を並べていると、夜、父の因淑が部屋の外から「よいか」と声をかけた。

父が夜に部屋を訪ねることは珍しい。

「どうぞ」

部屋に入ってきた因淑の表情には厳しいものがあった。

「立徹よ。取り乱すではないぞ」

その言葉に立徹は居住いを正した。

「知達が亡くなった」

立徹は一瞬、言葉を失った。

「それは――」やっとの思いで口を開いた。「まことでござりましょうか」

「今日、安井家に報せがあったとのことだ。三日前だという」

父の前で取り乱したくないと思いながら、涙を止めることができなかった。膝の上で握りしめた拳の上に涙が落ちた。因淑はそんな立徹を黙って見ていた。

目を閉じると、脳裏に知達の快活な笑顔が浮かんできた。あの知達が亡くなったとは――父から聞かされても信じられなかった。

目標でもあり、また生涯懸けて戦っていくと決めた相手だった。入段してからの自分を一番鍛えてくれた打ち手でもあり、同時に一番の友でもあった。もう知達に会えない、もう知達と打てないと思うと、耐えがたい悲しみに襲われた。

八年後の二十五歳の時、立徹は自らの十代前半の修行時代の碁九十八局を解説した『奕図』を刊行しているが、そこには知達との碁が四十四局も載せられている。いかに立徹が知達との碁を大切に思っていたかがうかがえる。

知達との最終局の解説部分に、立徹はこんな一文を書き記している。

「今秋（注・旧暦七月は秋）知達不幸にして死す。少年十八歳。ああ惜しいかな。秀徹にしてその才智曾て及ぶ者無し。歎くべし」

立徹が知達をいかに高く評価していたかがわかるが、同時にまた立徹の慟哭が伝わる文章でもある。

五

文化十一年（一八一四年）七月二十五日、藤堂和泉守宅の碁会で丈和と立徹は対局した。今回は丈和の白番だった。

序盤から凄まじい激闘が繰り広げられ、終盤は息詰まるヨセ勝負となった。最後までどちらが勝つかわからないきわどい戦いは、見る者を大いに沸かせたが、立徹が二目勝ちした。

翌月の八月七日、木村甚右衛門宅で両者は再び対局した。この碁も丈和の白番だった。

前局以上に激しい戦いとなったが、最後は立徹が丈和の大石を殺して中押し勝ちした。先々先に手合が変わってから互いに先番を勝つという展開だったが、これは丈和にとっては由々しき事態だった。もしこのまま先番を入れ合えば、十二局目にして四番負け越しとなり、互先に打ち込まれる。十一歳も下の少年に互先に並ばれるということは、それだけで屈辱以外のなにものでもないが、何よりももっと恐ろしいのは、立徹には若さと時間があるということだ。

十七歳にしてこれほどの強さを持つ少年が今後どれほど伸びていくか。もし互先に並ばれたなら、はたして自分はそれをどこまで持ちこたえることができるだろうか。いつか逆に先々先に打ち込まれるやもしれぬ——その想像は丈和の心胆を寒からしめた。

八日後の八月十五日、丈和は浅草の清光寺で立徹と打った。

四局目のこの碁は再び丈和の先番だった。これは絶対に落とすわけにはいかない。丈和は先番には圧倒的な自信があった。最後に先番で負けたのは二年前の智策との碁だ。それ以来、誰が相手でも先番を落としたことはない。黒を持ったならば師の元丈にも容易に負ける気はしない。

序盤はじっくりとした布石だったが、中盤から立徹が力を出し始めた。しかし丈和は怖れてはいなかった。白番ならともかく、黒番ならば鉄壁のごとく打ってみせる。

立徹の攻めは予想以上に激しかった。鉄壁を穿つがごとくの執拗な攻めに、さしもの丈和も手を焼いた。

立徹は右辺の黒石と左辺の黒石を強引に裂いてきた。得意のカラミ攻めにしようというのだ。最初は無理気味に思えた白の攻めだったが、黒にうまいシノギの筋がなかなか見えてこなかった。それどころか、一手進むごとに事態は黒にとって容易ならざるものになってきた。

中盤、立徹の強手が飛び出した。その手に対して抵抗すれば左辺の大石の命が危ない。丈和は仕方なく中央の七子を捨てて生きについたが、形勢ははっきりと白がよくなった。丈和は懸命に局面打開をはかるが、立徹はさらに激しく攻めてきた。今度は右辺の黒四子をもぎ取られた。丈和は懸命にヨセるが、差は縮まらない。

ついに終局を迎えた。最後まで打って、立徹の白番四目勝ちだった。

観戦の一同は驚いた。立徹が先々先に手合を直して二度目の白番で丈和を破ったのだ。この力は本物である。

この碁は若き立徹の傑作として知られている。当時は現代のように棋書もなく、情報量は圧倒的に少ない中で、十六歳（満年齢）にしてこれほどの碁を打つのは驚異的であると、古碁に詳しい福井正明九段は言う。

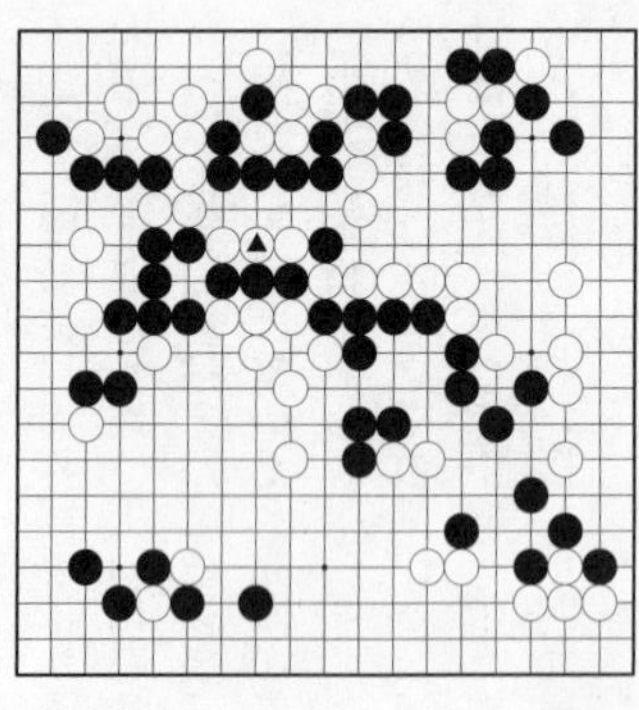

文化11年（1814年）8月15日
先番　葛野丈和
先々先　服部立徹　四目勝ち
「立徹傑作譜」。112手Ⓐまで（以下略）

敗れた丈和は大きな衝撃を受けた。

師の元丈にも負けなかった先番を落としたのだ。立徹の上達は自分が思っている以上かもしれない。

本因坊家に戻った翌日、元丈の前でその碁を並べて見せた。

最初は穏やかな顔で見ていた元丈だったが、途中から表情が険しくなった。

黒が上辺の八子を取られたところで、元丈は「もうよい」と言った。

「この碁はここで終わっている」

丈和は小さな声で、はい、と言った。

「これで立徹に二番の負け越しか」

「そうでござります」

元丈は丈和を睨みつけた。

「智策が亡くなった今――坊門は長らく跡目不在である」

「はい」

「跡目とするならお前であろうと考えていたが、このまま立徹に互先に打ち込まれるようなことになれば、それはないと心得よ」

丈和は無言で頷いた。師の期待を裏切った自分が情けなかった。

「お前が坊門の跡目たり得ないとするならば――」元丈は言った。「他家からふさわしい打ち手を貰い受けるしかあるまい」

その言葉は丈和を打ちのめした。師は名前を出すことはなかったが、他家から貰い受ける碁打ちとなれば、それは服部家の立徹をおいてない。

丈和は、自分は今、命懸けの勝負をしているのだと思った。立徹との碁は単なる手合ではない。自分の将来、いやすべてを懸けた戦いでもある。

もし互先に打ち込まれれば、本因坊家を継ぐことはできない。代わりに立徹が坊門の棟梁として君臨し、自分はその門下となる――。そんな屈辱はとうてい耐えうるものではない。そうなれば、家を出て、後は賭け碁打ちとして諸国を回るか、あるいは大坂へでも出て、道場を開くかだ。

その頃、立徹もまた師であり父である因淑の前で、白番で丈和を破った碁を見せていた。

因淑は中盤の凄まじい攻めに、何度も唸った。

「立徹よ。お前は丈和にあと一歩のところまで迫っている」

父の言葉に立徹はやや不満を覚えた。白番で勝ったなら、すでに互角ではないか――。

「父上、お言葉ですが、もう丈和に劣るとは思っておりません」

因淑は答えなかった。

「初番で丈和の先番がどういうものか掴めました」

因淑は「まことか」と訊ねた。

「はい。丈和は先番では固く打ちます。しかしそこに隙があります。戦いに持ち込めば、白番といえども勝機はあります。まして、私の先番ならば、まず不覚は取らぬ覚悟があります」

「丈和を甘く見るではない」因淑は言った。「わしは長年にわたって多くの打ち手を見てきた。古くは本因坊察元(さつげん)殿、十世烈元(れつげん)殿、七世安井仙知殿、さらに元丈、知得、それから智策――」

「はい」

「丈和は他の誰にも似ていない」

「それは強いということでござりましょうか」

因淑はしばらく考えてから、「丈和の碁は面妖(めんよう)である」と言った。

「面妖とは――」

「うまく説明することができぬ。丈和の碁譜を見ると、常に異様な何かを感ずる」

それは立徹自身もおぼろげながら感じていたことでもあった。丈和と打っていると、どこから何が飛び出すかわからない不気味さがあった。

「私の碁は丈和に劣るのでしょうか」

立徹は父に訊いた。因淑はにやりと笑った。

「お前はわしが見た碁打ちの中でも一番の才だ。まさしく天稟(てんぴん)の持ち主だ」

立徹は天にも昇る心地になった。

「お前に一言言っておく」

因淑は急に表情を厳しいものにして言った。

「勝負は碁笥(ごけ)の蓋(ふた)を覆(おお)うまで終わらない。それだけは常に心得よ」

「かしこまりました」

六

翌月の九月十一日、稲垣有無翁宅の碁会で、丈和と立徹の対局があった。

この碁は立徹の先番である。これに勝てば、先々先になって立徹三つの勝ち越しとなり、丈和をカド番に追い詰めることになる。しかも次の局も立徹の先番である。つまり、立徹がこの碁に勝利すれば、半ば以上、互先になることが約束されているとも言えた。

観戦者の多くが立徹に賭けていた。前局で丈和に白番で完勝した碁は大変な評判になっていた。もはや実力的には立徹は丈和を超えたのではないかと言う者さえいた。

当時の碁打ちたちの注目の一番となったこの碁は、古今でも有名な一局で、丈和と立徹の六十九局ある対局譜の中でも特に知られたものである。

同時代の信州の碁打ちであり、本因坊門下の関山仙太夫はこの碁について興味深いことを書き残している。

「丈和、先に先番一局を敗せり。今この碁を負くるにおいては立ち難き事情あり。ゆえに懸命の碁なりし」

関山仙太夫は前述の長坂猪之助、片山知的とともに武家三強と言われた在野の強豪だが、三人の中では最も強かったと言われる。福井正明九段によれば現代のプロ棋士高段レベルの力と言うから、並の素人ではない。

「立ち難き事情あり。ゆえに懸命の碁なりし」という文章は、当時、本因坊家に出入りしていた仙太夫の言葉だけに深い意味があると見ていい。仙太夫は何らかの事情を知っていたものと思われる。彼はそれを詳らかにはしていないが、この碁は丈和にとって非常に重要な一局であったということが伝わる。

さて、文化十一年九月十一日の稲垣宅に戻ろう。

二十人を超える観戦者が居並ぶ中で打たれたこの碁、立ち上がりから丈和の並々ならぬ意欲が見られた。

十二手目、丈和の大胆なヒラキに観戦者一同は思わず息を飲んだ。それは通常よりもはるかに大きなヒラキだったからだ。打ち込まれれば危険だが、敢えて打ち込みを誘い、そこから乱戦に持ち込もうという決死の意図の表れだった。

丈和はこの日、とことん戦おうと決めていた。きれいな碁や勝ちやすい碁ではなく、力で立徹をねじふせる――もし力で敗れるようなことがあれば、自分は立徹には及ばない。むしろそのほうが諦めがつく。

丈和の気合いに臆(おく)したか、立徹は打ち込まなかった。丈和はヒラキを打った。形勢云々まではいかないが、布石で丈和が一本取った形になった。

左辺で接近戦が始まった。立徹のツメた手に対して、丈和は中央に押した。立徹が一間に飛んだところで、またもや一同を驚かせる手が飛び出した。

誰もが中央にハネを打つだろうと思っていたとき、丈和は隅の黒にツケを打った。立徹のハネに対して二段バネが強烈だった。立徹も気合いで白石を裂いて出た。こうなればもはやただでは済まない戦いとなった。

観戦者一同は大いに喜んだ。

上辺で起こった熾烈な戦いの最中、なんと丈和は下辺の石を動き出した。全面戦争に持ち込もうというものだった。立徹はその挑戦を受けて立った。

上辺と下辺の二つの戦いはやがて中央に発展した。もうどちらが攻めているか攻められているか、誰にもわからなかった。

いつのまにか陽は落ちていた。ここで、いったん打ち掛けとなり、夕餉を摂った。碁に集中し過ぎていたせいで、丈和はほとんど食欲がなかったが、無理やりに胃に流し込んだ。この碁は普通にいけば夜を徹して打つことになるだろう。腹が減っては戦にならぬ——。

半時（一時間）後、対局が再開された。攻防の一手一手が超難解で、両者とも一歩間違えればたちどころに敗勢につながるという複雑怪奇な局面が続いた。この碁は後の多くのプロ棋士が研究しているが、変化図は無限に近く、今なお最善手が不明である。

中央の戦いでは丈和がじりっじりっと局面を有利に動かし始めた。盤側にいた観戦者たちが、さすがに力は丈和が上か、と思ったそのとき——立徹の凄まじい一手が飛び出した。

それは百十三手目に打たれた右辺の腹ヅケだった。

打たれた直後、丈和は小さく首を傾げた。ヨミになかった手だったからだ。

そこには手はないはずだ。ここに至るまで十分に読んでいる。おそらくは苦し紛れに

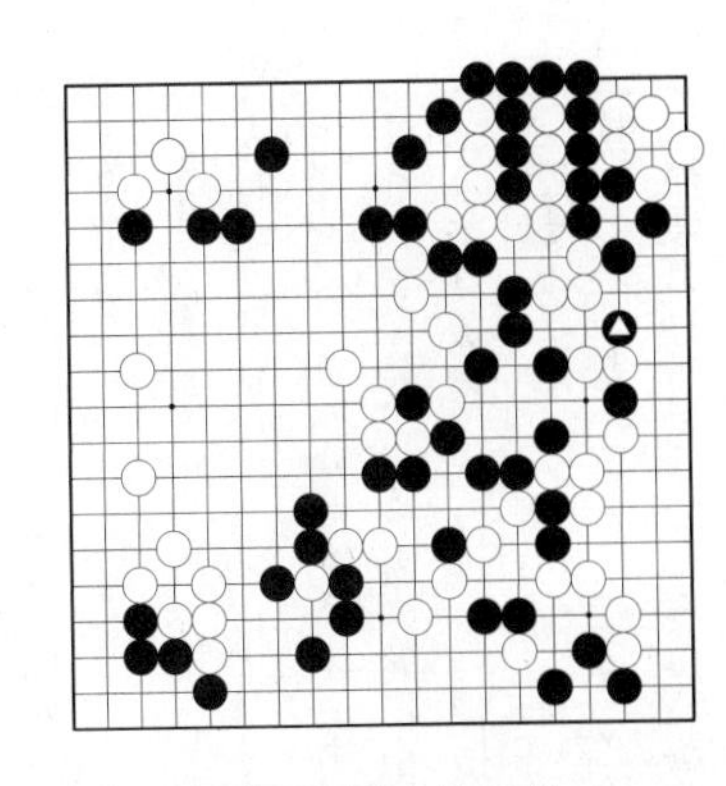

文化11年（1814年）9月11日
葛野丈和
先々先　先番　服部立徹
113手△まで。△の手で、白の上辺の石は助からない

打った手であろう。そう思って碁笥に手を入れたとき、背中に戦慄が走った。

脳裏の碁盤に一瞬に変化が見えた。右辺を守れば、二十手目に劫になる。そして、その劫は白が勝てない劫だった――。


丈和は碁笥から手を引き、長考に沈んだ。

観戦者たちの多くはかなり碁の心得があったが、その腹ヅケの意味がわかる者はいなかった。しかし丈和がなかなか打たずに苦悩の表情を浮かべているのを見て、とてつもない手が打たれたらしいということを察した。

この立徹の大妙手は囲碁史上にも有名な手で、昔から多くのプロの研究対象となっている。

丈和はここで稲垣有無翁に打ち掛けを提案した。

丈和は立徹の妙手に対して有効な手を見出せなかった。どうやら白の大石に生きはない。ならば、いかに捨てるかだが、はたして大逆転を狙う手があるかどうか。それらをわずかな時間で見つけられる自信はない。

当時、打ち掛けは上手の権利である。下手が打ち掛けを言い出すことはできない。もっとも碁会の主催者の意向も聞かねばならない。もちろん稲垣が打ち掛けを認めず、そのまま打ち継ぐことを所望すれば、打つつもりであった。

「このまま打ち継いでもよろしいが、次の手は容易には打てませぬ。まず、一時は――」

その言葉を聞いて、稲垣は少し険しい顔をした。すでに時刻は暮六つ（午後六時くらい）を過ぎている。この時間からさらに一時もこの局面を睨んでいるのは観戦者にとっても楽ではない。

「すると、終局は」

と稲垣が訊ねた。

「おそらく、明日の午過ぎあたりかと」

丈和の言葉に、観戦者の間に小さなどよめきが起こった。

「そういうことならば――」稲垣が言った。「ここで打ち掛けて、後日に打ち継ぐということにいたそうか」

稲垣は観戦者の顔を見渡した。皆、異存がないようであった。

「立徹殿も打ち掛けでよろしいかな」

稲垣が訊ねた。

「皆様のよきように」

立徹は落ち着いた声で言った。

その顔には、この碁はもう貰ったという表情がありありと見えた。打ち継ぐまでにどれほど考えようと態勢を立て直すことはできぬ――。

打ち継ぎの日は定めぬままに、この日は解散となった。


丈和は道場に戻ると、その碁を並べた。

見れば見るほどに立徹の腹ヅケは凄い手だった。こんな恐ろしい手を読んでいたのかと、あらためて立徹のヨミの深さに驚嘆した。はたしてどの時点でこの手を見ていたのか――。

この局面を打開する手を発見出来ない限り、勝ち目はない。負けるとカド番に追い込まれる。もし互先に打ち込まれれば、おそらく師匠は許さぬであろう。すなわち自分の将来は断ち切られる。ここまで一心不乱に碁に打ち込んできた十年近い年月はすべて無になる。坊門を継ぐことはかなわぬばかりか、立徹を当主として仰ぐことになるかもしれぬ。あの生意気なあばた面の少年の指図を受けるくらいなら、いさぎよく坊門を去る――。

丈和は心乱れるまま、何度も碁盤に石を並べたが、どれほど考えても回天の妙手は見出せなかった。

七

その年の終わり、稲垣家から、年が明けてから打ち掛けの碁を打ち継ぐ会が催される（もよお）という報せがあった。

記録によると、この碁が最初に打たれたのは文化十一年（一八一四年）九月十一日であるが、翌年の打ち継ぎの碁まで約四ヶ月の間、丈和は誰とも打っていない。とても対局する気分ではなかったのかもしれない。

立徹もまたその間に対局したのは一局だけだった。相手は本因坊元丈である。

本因坊家の当主は立徹の力をもう一度確かめてみたいと思ったのかもしれない。二子置いた立徹は元丈相手に完璧な打ち回しを見せ、わずか七十四手で中押し勝ちしている。

文化十二年（一八一五年）一月八日、稲垣宅で丈和と立徹の打ち掛けの碁が再開された。

この日は朝から冷え込み、大雪が降っていたが、この大一番の結着を見届けようと、大勢の観戦者が稲垣家に集まった。

対局室の広間には火鉢が入れられたが、人々の吐く息は白かった。

丈和と立徹は一礼すると、打ち掛けまでの碁を盤上に並べた。

百十三手目、立徹は碁笥に指を入れると、ゆっくりと、力強く腹ヅケの手を打った。自慢の一着だった。

ここから打ち継ぎの碁が始まった。

白の手番であるが、丈和には回天の策はなかった。どう打っても劣勢は免れないが、その中で丈和が選んだのは、盤面をひたすら難しくするという手だった。

観戦者たちは息を飲んで盤面を見守った。

十数手後、立徹は右辺を突き破り、白の二十六子という大石を屠った。観戦者たちから、ほーというため息が漏れた。二十六子もの石が取られては、もはや挽回は不可能だ。普通なら投了である。

しかし丈和は投げなかった。左下隅の黒を狙い、さらに左辺の黒との攻め合いに持ち込もうとした。ただ、これはもう破れかぶれともいえる手だった。

黒は右下隅の九子を捨てて、下辺を生きれば、それで碁は終わりだった。それが最も勝利に近い安全な打ち方だ。

だが立徹はそんな生ぬるい手は選ばなかった。白の連絡を断ち、大石同士の攻め合いに持ち込んだのだ。その手は、ただ勝つのでは面白くない、丈和を叩き潰すという辛辣極まりない手だった。十八歳の凄まじい闘志溢れる打ち方に、観戦者たちから小さなどよめきの声が起こった。

丈和は一瞬かっときたが、その感情をぐっと抑えた。

安全に簡明に打たれれば万に一つも勝ち目はないが、立徹が複雑な局面を選んだということは、むしろ機会到来と見るべきだと考えた。おそらく立徹は攻め合いに勝てると見たのであろうし、すべてを読んでそう打ったのだろう。しかし碁は何が起こるかわからない。盤上は魔界である。そこにはどんな変化が潜んでいるかもわからない。難解な局面になれば、あるいはという事態が訪れるやもしれぬ。

立徹は右下隅の黒を完全に生き、さあやってこい、とばかりに丈和を睨みつけた。こうなれば丈和はいくしかない。

盤上は白石と黒石の大石同士の攻め合いとなった。いかに手数が多くとも、二つの石の攻め合いだけなら、両者ほどの打ち手ならば最後まで見通せる。この結末は黒の取り番の劫となる——白は劫材として右辺の二十六子を復活させることはできるが、中央の大石が取られるので、そこで碁はほぼ終わりだった。

両者は互いのヨミ通りに黙々と打った。立徹は手数を伸ばしつつ、白の左辺になだれ込んだ。

丈和が百八十八手目に左辺のオサエを打ったとき、立徹は無造作に一間に飛んでツケ

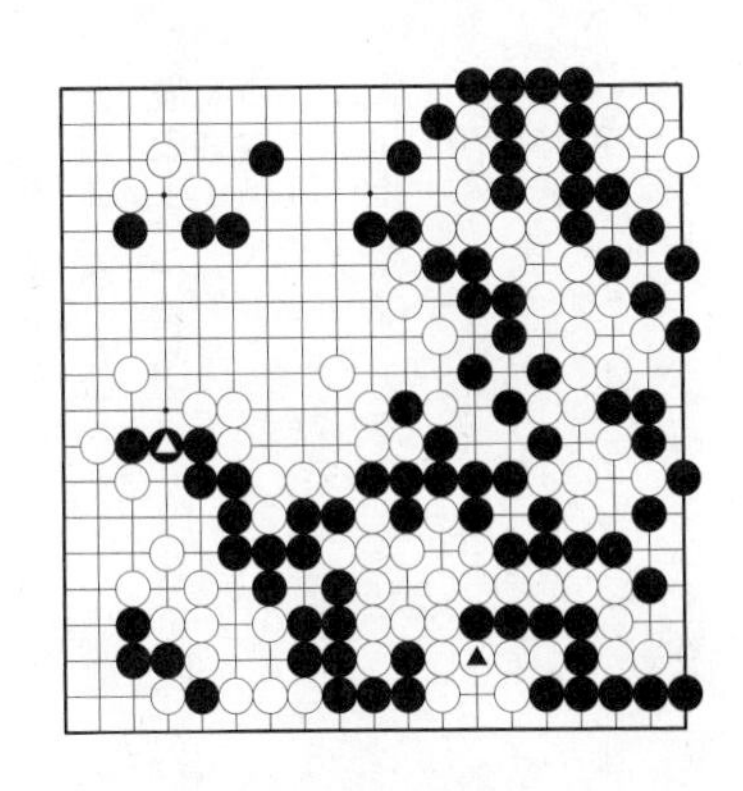

文化12年（1815年）1月8日
葛野丈和
先々先　先番　服部立徹
192手▲まで。▲で下辺から中央にかけての黒の大石が死んだ。黒は191手△で、▲に打てば、攻め合い勝ちだった

た。続いて丈和のハネに、立徹はツギを打った。

次の瞬間、丈和は下辺のオサエを打った。

立徹はそれを見て、思わず、うっ、と呻いた。

観戦者はその声で、何か事件が起きたのだと悟った。

立徹の顔がみるみる真っ赤になった。丈和が今打ったところこそ、攻め合いの急所だった。そこは黒からはいつでも打てるところだった。打たなかったのは、どう打っても攻め合いは勝ちだろうと思っていた立徹の油断にほかならなかった。

立徹の顔が今度は青ざめた。攻め合いは白の一手勝ちになる——黒の大石には生きがない。

盤に覆いかぶさるようにして局面を睨む立徹の喉の奥から、再び、うう、という声が漏れた。ここにきて観戦者たちも信じられない大逆転が行なわれたことがわかった。

立徹は髪の毛を掻きむしって悔しがった。圧倒的な形勢であったのに、上手の手から水が漏れたのだ。いや、もう勝利は九分九厘手中にしていたはずの碁だった。

立徹の悔しがりようとは逆に、丈和は冷静だった。すでに冷めたお茶を静かに飲んだ。

丈和は少し前から立徹が安易な気分になっているのを見抜いていた。それに着手も早くなっていた。もしかすると見損じが出るかもしれぬと思っていた。そして——素人衆でもやらないような見損じが飛び出した。

丈和は茶を飲みながら、ゆめゆめ油断するまじ、と心に言い聞かせた。

碁は完全にひっくり返した。しかしこの後何が起こるかわからない。相手が投げるか、最後まで打ち切って勝ちを確かめるまでは、どれほど形勢が良くとも勝ちではない——。

ところで、この碁が有名なのは、中盤に見せた立徹の大妙手と、その後に見せたこの大見損じのゆえである。

立徹は晩年の著、『囲碁妙伝』で多くの碁の解説を載せているが、そこにこの碁も載せている。問題の見損じについては、「一八九の手、今川義元の油断に彷彿たりというべきか。白一九二の処へ打てば中押しの勝ちなり。笑うべし、笑うべし」と自嘲気味に書いている。「今川義元の油断」とは、「桶狭間の戦い」の故事を指しているのは言うまでもない。天下統一を目前にしながら、油断のために織田信長に討ち取られた義元に自分をなぞらえているのだ。

碁は完全に形勢が入れ替わったが、ここから第二のドラマが始まる。

立徹は気持ちを立て直して、盤面をつぶさに見た。大非勢ではあるが、まだ負けと決まったわけではない。黒の大石に生きはないが、死に切ってはいない。それを捨石にすればまだ勝機はある——。

長考した後に立徹は、中央の白石を攻める手を打った。大石同士の攻め合いは丈和の勝ちだが、立徹の狙いは別にあった。

すでにとっくに陽は落ち、部屋の中は行灯が灯されていたが、誰も打ち掛けを提案する者がなかった。一同もこの凄まじい勝負に魅せられていたのだ。

立徹の狙いとは、黒の大石を捨石にして厚みを築き、左上隅の白を取ることだった。

丈和は打ちながら、立徹の意図を察して背筋に冷たいものを感じた。左上隅の白を助けると、中央の攻め合いに負ける。

立徹のヨミと構想力は凄まじいものがあった。様々な味を見ながら、あらたに七子の黒を捨石にするという強手を放ち、ついに左上の白石を取ってしまったのだ。

まさに驚嘆すべきことに、負け碁を再びひっくり返したのである。この後の一連の着手は現代のプロが見ても感心するほどだと言う。

観戦者たちはあらためて立徹の底力を見た。

立徹は、ふうーと大きなため息をついた。

さしもの激闘もようやく終局が見えた——皆がそう思った次の瞬間、またもや信じられないことが起きた。立徹が死活を間違えたのだ。隅の白を無条件で殺せるところを劫（こう）にしてしまったのだ。

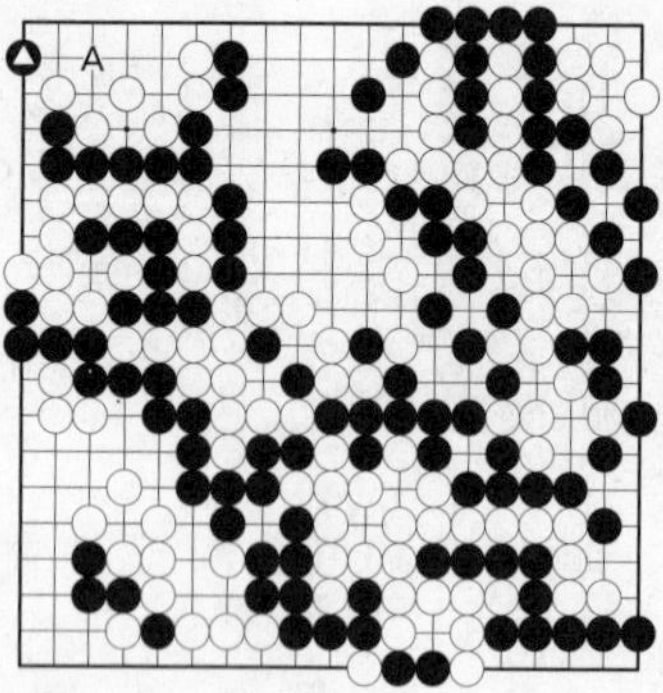

文化12年（1815年）1月8日
葛野丈和
先々先　先番　服部立徹
239手△まで。△は立徹の見損じ。これで隅の白は劫になった。Aに打っていれば、無条件で死んでいた

この見損じは致命的だった。白は劫材として中央に地をつけ、そこで勝負は決した。

三百五十四手まで打ち、白番丈和の十一目勝ちだった。

十九×十九の碁盤の目は全部で三百六十一であるから、三百五十四手というのはいかに激闘であったかがわかる。

敗れた立徹はがっくりとうなだれた。その姿に観戦者の誰も声をかけられなかった。

八

どんな勝負にも、ここ一番という大試合がある。

スポーツ競技の決勝戦などはその最たるものだが、そうではない勝負にも、後に振り返ったときに「あのときの勝敗が――」という試合がある。それらはしばしばそのプレーヤーの運命を分ける一番となる。

筆者は文化十二年（一八一五年）一月八日の碁もそうした一局ではないかと思う。

二人はこの対局までに五十局以上打ち、その後も二十局近く打っている。したがってその碁は両者が対局した七十局近くある碁の一局にすぎない。お家を懸けた争碁でもなければ御城碁でもない。しかし筆者には、この碁がその後の二人の明暗を分けたのではないかという気がしてならない。

もし、この碁を立徹が勝っていたなら、丈和をカド番に追い詰めることができた。次の碁も立徹の先番であったから、一気に四番勝ち越しで互先に並んだ可能性は高い。

立徹は心の振幅が大きい。気が乗らないときはあっけないほど脆い一面を見せるが、気合が入ったときは手が付けられないほどの強さを発揮する。この碁も、前局で白番をものにしての勢いを駆って、打ち掛けまでは丈和を圧倒していた。というよりもほとんど丈和を粉砕していた。再開までの四ヶ月の間、本因坊元丈以外と対局しなかったのは、その気合いを維持したかったためかもしれない。

仮に立徹に互先（同格）に並ばれていたら、丈和の運命はどうなっていただろうか。関山仙太夫が「立ち難き事情あり」と書き残した通り、このときの丈和は追い詰められた状況にあったのだ。

しかし立徹は必勝の碁を落とし、丈和は「懸命の碁」を拾った。

その二日後、二人は稲垣太郎左衛門宅で対局したが、立徹はあっさりと土俵を割り、先番で九目負けという惨敗を喫した。それまでの碁とは比べものにならない不出来な碁だった。あのような手痛い負けを喫した対局のわずか二日後に打つべきではなかったとも言えるが、その碁会は以前から決まっていたものだったので、やめるわけにはいかなかったのだ。

立徹はこの連敗で星を三勝三敗の五分に戻されてしまった。丈和をあと一歩まで追い込んだところで押し返された立徹は大いに落胆した。

一方、丈和は危機を乗り越えたことで、自分を取り戻すことができた。

その年の一月から三月にかけて丈和は立徹と九局打ち、丈和が逆に二つ勝ち越した。

そして二ヶ月空いた五月に三局打ち、逆に立徹をカド番に追い込んだ。さらに三ヶ月後の八月七日、富永源次郎宅の碁会での対局で、丈和は白番九目勝ちして、ついに立徹を定先（二段差）に打ち込んだ。

これは賞賛に値すべきことである。伸び盛りの少年に並ばれかけたにもかかわらず、もう一度押し戻したのだ。しかも立徹は何年に一人出るかどうかの大器である。

この頃の二人の碁は現代のプロ棋士が見ても感嘆するものばかりという。どの対局も一歩間違えば奈落の底に真っ逆さまに落ちるようなぎりぎりのヨミ比べの戦いで、タイトルホルダーのトップ棋士たちが「こんな碁はとても怖くて打てない」と言うほどである。

この年、二人は記録に残っているだけで十六局打っている（失われた碁譜が何局かある）。立徹はもう一度先々先（一段差）に迫ろうと必死で食らいつくが、丈和の壁は厚く、定先の壁をなかなか破れなかった。世間は丈和の底知れぬ強さに驚いた。

丈和の碁が凄味を見せ始めたのはこの年からだと言われる。彼はすでに二十九歳になっていた。

文化十二年から文政の半ばあたりが丈和の全盛期だと見る現代のプロ棋士は多い。事実、丈和の名局の多くがこの時期に作られている。

丈和と立徹が熾烈な戦いを演じているとき、碁界でも動きがあった。

三月、前年に隠居願いを出していた五十二歳の七世安井仙知の願書が受理され、四十歳の跡目の知得が安井家の当主となり、同時に先代の名「仙知」を襲名した（八世仙知となる）。七世仙知は仙角と名を変えた。後世の史家は二人の「仙知」を区別するために、七世仙知を「仙角仙知」あるいは「大仙知」、八世仙知を「知得仙知」あるいは単に「知得」と呼ぶことが多いが、この物語では煩雑さを避けるため、これ以降、七世仙角仙知を「大仙知」、八世知得仙知を「仙知」と書く。

江戸の碁に革命を起こした大天才、大仙知は段位こそ八段半名人止まりではあったが、二十代で同時代の強豪をすべて打ち込み、実質は名人と言ってもおかしくないほどの実績を挙げていた。現代でも大仙知の評価は非常に高い。辺を重視するという従来の概念を覆すほどの新しい考え方を導入した点において、後世に与えた影響は計り知れないと言われている。大仙知は「厚み」の考えを飛躍的に進化させた。大仙知以前にそういう碁打ちはいなかった。これはあらゆるジャンルの天才に共通することだが、先人が辿ったことのない原野を切り拓く困難さと偉大さは他に比べることはできない。大仙知の存在があればこそ、「元丈・知得」という二人の巨人が生まれたと言える。

この年の十一月に打たれた御城碁では、本因坊元丈と安井仙知（知得）の手合があったが、これは二人が当主として初めて打った碁であった。それまでの二十七年間で両者は八十三回対局し、御城碁でも四回対局していたが、この年の御城碁が両者が対局した最後となった（仙知先番二目勝ち）。

時代はゆっくりとではあったが、確実に動いていた。

智策なき後、次の碁界の覇者となるのは丈和であろうというのが世人の一致した見方だった。丈和をおびやかすであろうと言われていた桜井知達が亡くなり、立徹もまた一時は先々先に迫りながらも、丈和に再び定先に戻された。世間は丈和の力が立徹よりも一枚上と見た。

丈和自身、その噂を耳にして大いに得意となった。

九

立徹はもがき苦しんでいた。

定先に戻されたときは、すぐにでも先々先に打ち込むつもりでいたが、その年いっぱいかかってもついに手合を変えることができなかった。先の差はないと思っているのに、手合を変えられないのはなぜだかわからなかった。

文化十三年（一八一六年）、新しい年を迎えた十九歳の立徹は、あらためて自分の碁を一から鍛え直そうと考えた。『孫子』の「敵を知り己を知れば百戦殆うからず」という言葉のように、己自身を今一度しっかりと見つめてみようと考えたのだ。

丈和に勝てないのは、肝心なところで見損じが出るからだ。勝ちと見れば気が緩む——その癖は幼いころから父である因淑に何度も指摘されていたことだ。難解な局面では気持ちが一気に高まりヨミの力が増してくるのを感じるのに、誰でも読める簡単なところで見損じが出る。

立徹は対局を控え、禅寺に通った。碁の修行も大切だが、心の修行も必要だと思ったからだ。碁のどんな局面においても常に泰然自若でいられる心を身につけようと考えたのだ。

碁の勉強以外のときは『孫子』や『論語』を熟読した。後年、立徹の教養は当時の碁打ちの中では一頭地を抜いていたが、それはこの頃の読書による。

文化十三年は立徹の対局は記録に残るかぎり四局しかない。うち丈和との対局は一局だけである（立徹の先、中押し勝ち）。

翌文化十四年（一八一七年）はもっと徹底していて、なんと二十歳の時の立徹の碁は二局しか残されていない。そこには丈和との対局はない。文化九年から十二年にかけてあれほど頻繁に打っていた二人の対局がぴたりと止んだのだ。世間の人々は、立徹が定先に打ち込まれたことにより、丈和に対して戦う意欲を失ったのではないかと噂した。いずれにしても二人の対局はかたがついたと見られていた。

しかしそれは間違いであった。立徹は来るべき丈和との戦いに備えてひたすら剣を磨いていたのだ。

一方、丈和もまたこの年（文化十四年）は二局しか打っていない。病気や旅に出ていた記録もなく、対局数の激減は謎とされている。二局のうち一局は師匠の元丈との碁である。

加賀八家の前田土佐守直時（まえだとさのかみなおとき）の藩邸で打たれたその碁は、丈和が激闘の末に元丈に一目勝ちした。手合は八段の元丈に対して五段の丈和が先である。

翌年の文化十五年（一八一八年）三月にも丈和は本因坊道場で元丈と打ち、中押し勝ちしている。鉄壁と称されていた丈和の先番には元丈でさえも歯が立たなかったのだ。

この頃、丈和はすでに元丈に肩を並べていたと言われる。ちなみに丈和と元丈の対局は十九局残っている。三子一勝、二子四勝、先六勝八打ち掛けで、すべて丈和が勝っている。それだけに、丈和の先番を破った立徹の強さは並ではないことがわかる。

道場での対局を終えた後、元丈は厳か（おごそ）かに言った。

「お前を跡目とする」

丈和は我が耳を疑った。

「ありがたきお言葉にござります」

丈和は畳の上に手をついて、震える声で言った。

「精進いたせ」

元丈の言葉が響いた。

頭を上げると、師匠のにこやかな笑みがあった。

兄弟子の奥貫智策が亡くなって五年半の月日が流れていた。丈和は三十二歳になっていた。

自分が碁家の筆頭である名門本因坊家の跡目になるとは――。今こうして師から言葉を賜(たまわ)ったにもかかわらず、まだ本当のこととは思えなかった。

十数年の日々が脳裏に去来し、感無量になった。気が付けば涙がこぼれていた。

「泣くがよい」元丈は言った。「お前は自らの力で跡目を摑み取ったのだ」

「ありがたき幸せに存じます」

あとは言葉にならなかった。

十

翌四月、元号が改元され、十五年続いた文化は文政となった。

立徹はそれを機に再び丈和に挑もうと考えた。機は熟した、今なら負けぬ――。

立徹の希望を聞いた父の服部因淑は、本因坊元丈に立徹と丈和の対局を所望した。元丈は快く許した。

文政元年（一八一八年）四月晦日、本因坊家において、丈和と立徹の手合が持たれた。およそ一年八ヶ月ぶりの対局だった。丈和三十二歳、立徹二十一歳だった。

立徹は、久方ぶりに見る丈和がすっかり貫禄を漂わせているのを感じた。彼が坊門の跡目に内定したらしいと耳にしていた。いずれは名家を背負って立つという自覚からくるものか、立ち居振る舞いが堂々としていた。

一方、丈和もまた立徹がすでに一人前の男になっていると思った。顔にはまだ幾分少年の面影は残していたものの、傲岸とも見える面構えからは並々ならぬ自信のほどを覗かせていた。

丈和はこの対局前に師の元丈に言われた言葉を思い出した。

「立徹を侮るな。士別れて三日なれば刮目して相待すべしという」

「その意味は何でしょうか」

「優れた男というものは、三日のうちにどれほど成長しているかわからぬという唐の故事だ。刮目というのは目を見開いて見よ、ということだ」

はたして今、目の前にいるあばた面の青年が師の言われる士であるのか、それとも――。

両者は一礼したが、二人とも相手の目から目を逸らさなかった。盤側で見守る門下生たちは対局前から異様な空気が流れているのを感じた。

立徹は第一着を右上の小目に打った。そのとき、自分の指が震えているのに気付いた。いや指だけではない。さきほどから全身が小さく震えている。これが武者震いというものか。この日のために二年近くも修練を積んできたのだ。負けるわけにはいかない。

最初おだやかな布石から始まると思われたが、十一手目、立徹が左上隅の白石をはさんだところから戦いが起こった。やがて中央で互いの石がキリ違い、一気に険しい攻防となった。

一手でも不用意な手を打てばたちまちつぶれる。しかし両者とも安全を期しての妥協の手などには目もくれず、いっぱいの手を打った。まさしくお互いが剣が峰をいくような碁だった。

二人とも一手一手に時間を使った。進行は極めて遅く、巳の刻（午前十時頃）から打ち始めた碁は四十手を超えたくらいで陽が落ちた。

丈和は打ちながら、立徹の圧力をひしひしと感じた。五十手を超えたくらいから、やや白に苦しい碁になりつつあるのを感じた。

六十手を超えたところで、丈和がぽつりと「陽が落ちたな」と言った。

「行灯を点けますか」

立徹が答えた。

「いや」と丈和は言った。「ここで打ち掛けにしよう」

立徹は一瞬不服そうな表情を浮かべたが、上手（うわて）が打ち掛けと言えば、下手（したて）は従うしかない。

この碁は結局、そのまま打ち継がれることはなかった（碁譜は六十五手まで残っているが、立徹が優勢と見られる）。非勢を自覚した丈和が敢えて打ち継ぐことはしなかったのかもしれない。もっともそうなることは立徹も予想していた。およそ二年ぶりの対局で、互いにまずは手の内拝見という意味合いの碁でもあったからだ。

二ヶ月後の六月二十九日、旗本の栗田進三郎宅の碁会で、再び両者は対局した。今度は催主のいる懸賞のかかった勝負碁である。

この碁も立徹は大きな攻めを見せ、中盤からは丈和を圧倒した。丈和はかろうじてすべての石をしのいだが、立徹は攻めながら各所で地を稼ぎ、終盤は大差がついていた。足りないと見た丈和は投了した。

八月十九日、伊勢・津藩主、藤堂和泉守高兌（とうどういずみのかみたかさわ）の邸で二人は対局した。

序盤から両者ともに相手の言い分は聞かぬという、意地の張り合いのような碁で、見る者を大いに喜ばせた。

中盤、立徹が凄まじい攻めを見せたところで、陽は落ち、いったん打ち掛けとなった。多くの者がこの続きを見たいと所望し、十日後、木村甚右衛門宅に対局場を移して、続きが打たれた。

あらためて打ち継がれた碁でも、立徹の怒濤のような攻めは止まず、丈和の石が死んだ。これで丈和はカド番に追い込まれた。

翌九月十五日、芝の増上寺の碁会において、丈和は立徹に五目負けを喫し、ついに三年ぶりに手合を先々先に戻された。

丈和は元丈師の言っていた言葉は本当だったと悟った。立徹の碁は以前とは違っていた。ヨミとか手筋の冴えといったものではなく、敢えて言えば碁が大きくなっていた。まさしく捲土重来。ここにいたるまでどれほどの修練を積んできたことであろうか。やはり恐るべき男である。はたして己はこの男を相手に先々先を維持できるのであろうか――。

丈和は瞑目して熟考した。

十一

年が明けて文政二年（一八一九年）三月、服部因淑宅に九世井上因砂が訪れた。

因砂は元肥前国唐津藩士の山崎因砂である。文化七年（一八一〇年）、八世春策因碩が病に倒れた時、唐津から江戸に呼び戻され、井上家を継ぎ九世因砂因碩を名乗った。

因砂は座敷で挨拶をすますと、かしこまって言った。

「因淑殿、本日はお願いがあって参りました」

「あらたまって何でござるか」

「我が井上家は、かつては名人を出したほどの名門ですが、近年は半名人さえも出ない始末です」

因砂は六段だった。それなりの強さはあったが、本因坊元丈と安井知得には定先の手合だった。同じ家元の当主としては屈辱的である。先代の八世春策もその前の七世因達もさらにその前の六世春達も七段止まりであった。

「私も井上家を継いでから精進してまいりましたが、情けないことに未だに六段がやっと、おそらく七段上手にはなれぬでしょう」

この年、因砂は三十六歳だった。もう飛躍的な成長が望める年齢ではない。

「我が門下にも、将来有望な者は少なく、これでは後々に本因坊家や安井家に大きく遅れを取ることは必定――」

因砂はそう言って顔を歪めた。

因淑は因砂がやってきた理由が飲み込めた。それで、因砂が再び重い口を開こうとするのを手で制した。

「因砂殿、皆までおっしゃるな。ご用件は承知つかまつった」

因砂は驚いた顔で因淑の顔を見つめた。

因淑は黙って小さく頷いた。

「それでは――」

「いつか、このような日が来るとは思っていました」因淑は静かに言った。「立徹は服部家におさまるような碁打ちではない、いずれ大きく羽ばたく時が来ると――」

因砂は畳に両手をつき、「かたじけない」と言った。

「井上家は私の師家です。今、その御恩に報(むく)いる時がきたということです」

「因淑殿――」

十年以上も手塩にかけた愛弟子を手放す因淑の心情はいかばかりか――因砂はその心情を斟酌(しんしゃく)して、思わず言葉を詰まらせた。だが、因淑はいささかも動ずることなく、立徹を井上家に差し出そうと言う。できるものではない。

「そうと決まれば、本日はめでたい日にござる」

そう言って因淑は豪快に笑った。因砂は再び畳に両手を突き、深く頭を下げた。

因砂が帰り、一人になったとき、因淑の心に、大きな悲しみが押し寄せてきた。立徹は息子というよりも、すでに己の生きがいともなっていた。

初めて松平家で打ったときのことが思い出された。すべての石を殺されて大泣きする姿を見たとき、この子を弟子に欲しいと思った。その五年後、惚れぬいて、養子に貰い受けたのだ。

父子として過ごした十年の月日が走馬灯のように脳裏を駆け巡った。

可愛い子だった。碁に勝ったときの嬉しそうな笑顔は思わず抱きしめたくなるほど愛しいものだった。逆に負けて泣く時の姿は、見ている因淑自身が辛くてたまらなかった。

しかし心を鬼にして鍛え抜いた。立徹は見事にそれに応えた。

いつしか因淑は、この子は家元の子になるだろうと思い始めた。井上家の外家にすぎない服部家の碁打ちでおさまる器ではない。いずれは半名人、いや名人碁所さえも狙える大器である。元丈も立徹を欲しがっているのは知っていた。だが、立徹をどの家にやりたいという気持ちはなかった。それは天が決めることであると思っていた。

そして今、天は井上家を選んだ。立徹は井上家で大きく飛躍するであろう。

立徹は父から井上家へ往けと命じられたときは、激しく反発したが、因淑は懇々と説いた。

「碁には、小を捨てて大に就け、という言葉がある。服部家は井上家の外家であり、御城碁には出仕がかなわぬ。お前の大才を生かす家ではない。井上家はかつて名人も出た名家である。お前ならば、井上家から二人目の名人になることも夢ではない」

父の言葉は立徹の胸を打った。

「ですが——私が井上家に往けば、父上には何の御恩もお返しできぬままになります」

「お前が名人になることが、何よりの恩返しである」

立徹は涙を流した。

そして胸のうちで、必ずや名人になる、と誓った。

立徹を貰い受けた井上因砂は、ただちに立徹の跡目願いを寺社奉行に提出した。立徹二十二歳の春であった。

その少し前、元丈が本因坊家の丈和を跡目とする願書を寺社奉行に出している。

実は丈和の跡目願いの書には出自に関して嘘が書かれている。願書には本名が戸谷丈和とあり、父は戸谷平蔵と書かれているが、これは事実ではない。戸谷平蔵は丈和が幼少の頃に丁稚に入っていた本庄の「中屋」の主である。苗字帯刀を許されたほどの豪商であり、おそらく跡目願いの際に、名前を拝借する許可を得たのであろう。平蔵にしても、名門本因坊家の跡目に係累ができるとなれば歓迎だったろう。古い本には丈和の本姓は戸谷と記されていることが多い。ちなみに『本因坊家旧記』には父の名は半蔵とある。また願書には丈和の年齢は実年齢よりも八歳若い二十五歳と書かれている。これは三十三歳の跡目では体裁が悪いと思ったためだろう。丈和は自らの出自に関しては子供たちにも語らなかった。

丈和が正式に跡目と認められたのはその年（文政二年）の七月である。これで丈和は葛野丈和から、本因坊丈和となった。碁の四つの家元は表向きは僧籍のため、跡目は剃髪し、僧衣をまとうことが義務付けられている。もっとも僧籍はあくまで建前上のもので、妻帯は許されていた（多くが別宅を構えていた）。

丈和が元丈に従って江戸城に登城したときの逸話が残されている。このとき、坊主頭に僧衣をまとった丈和は、腰に大小の刀を帯びていたという。この奇妙な姿を見た寺社奉行所の役人たちは驚いたことだろう。

なぜ丈和が腰に刀を差したのかは文献には書かれていないが、筆者は丈和自身が出自に負い目を感じていたためではないかと思う。それゆえ一世一代の晴れの場で、侍のごとく振舞ってみたいと考えたのかもしれない。しかし剃髪、僧衣に大小の刀という恰好はどう見ても異様である。

面白いのはその奇抜な姿で登城することを元丈が許したことだ。元は武士であった元丈は丈和の児戯にも似た行為を寛容に見ていたのだろう。元丈のおおらかさを彷彿（ほうふつ）とさせる話である。

丈和の跡目に遅れること三ヶ月、同じ文政二年の十月、立徹も井上家の跡目として認められた。正式に井上家の養子となり、名も井上安節とあらためた。

ほぼ時を同じくして、丈和と安節（立徹）がそれぞれ本因坊家と井上家の跡目になったことになる。跡目となれば、当然のごとく御城碁に出仕する。それまでは両者とも部屋住みの碁打ちの戦いだったが、これからは跡目として互いの家の名誉を懸けての手合となる。

江戸の碁好きたちは、いよいよ丈和と安節の戦いが本格的になると色めき立った。

先立って二月には、林家の当主である十世鉄元門入が急死した。林家は跡目を決めていなかったため、一時は家の存続が危ぶまれたが、先代の九世門悦門入や鉄元に相談されていた元丈は、本因坊門下の舟橋元美に林家を継がせた。元丈の根回しにより林家相続はすんなりと決まり、舟橋元美は林家十一世の当主となり林元美を名乗った。

四年前の大仙知の隠居、そしてこの年の元美の林家当主襲名、丈和の本因坊跡目、安節（立徹）の井上家跡目相続と、文政に入って一気に世代交代が行なわれた感があった。

同じ頃、江戸の碁好きたちを驚かせたことがもう一つあった。それは服部因淑の七段昇段が認められたことだ。外家であっても七段となれば、御城碁へ出場できる。

かつて鬼因徹と呼ばれ、家元の碁打ちたちを怖れさせた因淑も五十九歳になっていた。その実力と経歴からすれば七段昇段は遅すぎたが、因淑はそれを恨みはしなかった。七段以上の昇段は家元の当主たちの合議で決まる。おそらく立徹（安節）を貰い受けた井上因砂が、その礼に報いようと家元たちに働きかけたのだろうと因淑は思ったが、その厚情を素直に頂戴することにした。七段上手になることと御城碁への出仕は生涯かなわぬ夢と諦めていただけに、その喜びは万感胸に迫るものがあった。

因淑はあらためて自らの半生を振り返った。美濃の田舎から江戸に出て五十年近い年月が流れていた。それは長いようで、あっという間だった。不意に「爛柯」という言葉を思い出した。爛柯とは碁の別名で、現代でも使われる。中国の晋の時代に伝えられる故事からきた言葉だ。

ある樵が山の中で数人の童子が碁を打っているのを見た。樵は童子からもらった棗を食べながらその碁を見物していたが、やがて碁が終わり、童子たちはいずこともなく去って行った。樵も帰ろうと思い、かたわらに置いていた斧を持とうとすると、何と斧の柄（柯）がぼろぼろに爛ていた。不思議なこともあるものだと思い、山を降りて村に戻ると、知っている人は誰一人いなくなっていた――つまり樵が童子たちの碁を見つめている間に何百年も経っていたのだ。これは碁に夢中になると時の経つのを忘れてしまうことを象徴した寓話である。

因淑は自分の一生も樵のようなものかもしれないと思った。童子の碁を見つめているうちに気が付けば晩年を迎えていた。後悔は微塵もない。それどころか幸せな一生だった。ついに碁界の頂点には立てなかったが、立徹という素晴らしい弟子を持つことができた。それだけでも自分が生きた意味があった。一生を碁に捧げてきた生涯の最後に、御城碁に出仕するという出来事が待っているとは夢にも思わなかった。これもまた立徹のおかげかもしれぬ、と思った。

そして――立徹（安節）はいずれ名人になる。それはこの上ない冥土の土産となるだろう。

文政二年十月、寺社奉行からその年の御城碁の組み合わせが発表された。以下の三局である。

二子 ｛本因坊元丈八段（四十五歳）
　　 ｛井上安節五段（二十二歳）

先 ｛安井仙知（知得）八段（四十四歳）
　 ｛本因坊丈和六段（三十三歳）

先番　服部因淑七段（五十九歳）
　　　林元美六段（四十二歳）

元丈と仙知（知得）以外の四人はいずれも御城碁初出仕である（井上家当主の因砂はこの年は不出場）。

丈和が仙知と対局するのは三度目である（文化十三年に丈和の先で二度対局し、一勝一打ち掛け）。一度先で勝っているとはいえ、仙知のヨミの凄さは十分に知らされている。しかもその碁は仙知が丈和の力を見るために打っていた感があった。御城碁となると、仙知も本気で向かってくる。師匠である元丈と長年にわたって烏鷺（うろ）を戦わせ、ついに互角に終わったほどの打ち手である。先で向かうとはいえ、簡単に勝てる相手ではない。初めての御城碁で対局するには恐ろしすぎる碁打ちだった。

一方、安節（立徹）は自信満々だった。負けるなどとは微塵も考えなかった。相手が元丈であろうと、二子置けば、八、九十手で潰してみせる、と周囲の者に豪語したと『坐隠談叢（ざいんだんそう）』に書かれている。元丈とはこれまで二子で二局打ち、いずれも八十手前後で中押しに破っているだけに、安節の傲然たる自信も当然と言えたが、当代きっての打ち手に対していささか礼を失した言葉であった。

因淑と元美はただただ御城碁に出場できる喜びを嚙みしめていた。

こうして新しい時代の幕開けともいえる文政二年の御城碁が始まった。

十二

文政二年（一八一九年）十一月朔日、六人の碁士は本所横網町（現・東京都墨田区横網）にある丹後国宮津（現・京都府宮津市）藩主松平伯耆守宗発の下屋敷に集まった。御城碁のための事前対局である「下打ち」をするためだった。下打ちは月番の寺社奉行宅で打たれる。寺社奉行は北町奉行や南町奉行よりもずっと格上で、基本的には譜代大名四人が月ごとに輪番で入れ替わる。この月の寺社奉行は松平伯耆守宗発だった。ちなみに彼は後に老中を務めている。

御城碁は将軍の御前で並べる碁であるから、その重みは大変なものだった。万に一つも見苦しい碁は打てぬし、見損じなどはもっての外である。そのためにほとんどの碁が何日もかけた入念局となる。終局するまで、碁打ちたちは寺社奉行の邸からは一歩も外へ出ることは許されない。

六人は松平家の下屋敷の大広間に通された。部屋には赤い毛氈が敷かれ、その上に三つの碁盤が置かれている。碁盤の両側には座布団が敷かれている。

井上安節（立徹）、本因坊丈和、林元美がそれぞれ下座に座った。続いて本因坊元丈、安井仙知（知得）、服部因淑がそれぞれ上座に座った。いずれも十徳を羽織っていた。それが下打ちの時の恰好だった。

元丈を除いた五人の碁打ちは、この数年後、名人碁所の座をめぐる争いの渦中に飲み込まれることになるのだが、この時は誰も知る由もない。

寺社奉行の松平伯耆守宗発が姿を見せ、

「それでは只今より、御城碁の下打ちを行なう」

と宣言した。

六人の碁打ちは一礼し、三つの対局が同時に開始された。

その瞬間、対局開始と同時に対局室には張り詰めた空気が流れた。大広間に詰めている松平伯耆守宗発の家中の三人の侍たちも一様に緊張の面持ちでいる。間違っても粗相などはあってはならぬ。

三つの碁盤の進行は極めて遅い。六人は一手一手じっくりと打つ。静まり返った大広間に時折石の音だけが聴こえる。

丈和は目の前に座る安井仙知の貫禄に圧倒されていた。瘦身ではあったが、全身から醸し出される威圧感は、師の元丈に勝るとも劣らぬものがあった。

局面は静かに進んだ。盤上には戦いが起こらなかった。丈和が仙知との戦いを避けたからだった。

丈和の碁はひたすら戦い抜く碁である。囲碁史上屈指の豪腕と謳われるその彼が戦うことを回避したのは、仙知の力とヨミに恐怖を抱いていたからだ。後に江戸の碁打ちたちは、「丈和は仙知を虎のごとく怖れた」と評することになる。

丈和は打ちながら、仙知の持つ巌のような強さを肌で感じていた。白の打つ手は一見何気ない平凡な手に見えながら、実はそうではない。どの手にも深いヨミの裏付けがある。迂闊に踏み込むと、たちまちにして恐ろしい戦いに引きずり込まれる。そしてその戦いの行く末は到底読めない。

この碁、丈和はただひとつのことだけを念じて打っていた。それは「勝つ」ということだった。そのためなら地べたを這いつくばるような手でも打つ、と。仙知はこちらがやってくるのを待っている。行ってはならぬぞ、と丈和は自らに言い聞かせた。

丈和の隣で打つのは、本因坊元丈と井上安節（立徹）だった。手合は先二（三段差）であったが、このときの対局は安節の二子番である。

この碁は仙知と丈和との碁とは対照的に、序盤から激しい戦いになっていた。安節がいきなり激しく白に襲いかかったからだ。

安節は二子置けば勝つのは当然と思っていたが、ただ勝てばいいというものではないと考えていた。最後まで打って地を数えるような作り碁などにはせぬ。中押しで勝つのはむろんだが、それも中盤までに潰すつもりだった。それくらいの勝ち方でなければ、名人を目指すなど夢のまた夢であると自らに銘じていた。

実際、盤面は元丈が一方的に攻められていた。安節ほどの打ち手が二子置いて攻めれば、さしもの元丈も受け切るのは容易ではない。

その隣では、安節の育ての親であった服部因淑が林元美と対局していた。二人とも御城碁は初めてである。もとは本因坊家の門人であった元美の段位は六段で、七段の因淑には先々先だった。この日の対局は元美の先番である。

因淑は打ちながら、時折、隣の安節に目をやった。生涯の夢であった御城碁ではあったが、自分の碁よりも安節の碁のほうが気がかりだった。大恩ある井上家へ差し出したとはいえ、十年以上も手塩にかけて育てた息子である。晴れの舞台である御城碁は何が何でも勝たせてやりたかった。今のところは、序盤から安節が元丈を圧倒している。

ただ因淑の目には、攻める気持ちが強すぎると見えた。安節の攻めの強さは十分に知っている。まして二子置いての攻めとなれば、その迫力は尋常なものではない。しかし相手は並の八段ではない。名人の力量ありと言われている元丈である。力まかせの攻めで一気に倒せる打ち手ではない。それに、攻めには危険もともなう。石が伸び切ったときに隙が生じる。元丈は、今はひたすら耐えつつ、安節の隙を狙っているに違いない。

──ゆめゆめ油断はするな。

因淑はその言葉が安節の心に届けと念じた。

静かな広間で、三つの対局が進んだ。盤上に石が置かれる音以外は一切の音はない。碁会の碁とは違い、進行はいずれも遅かった。

やがて暮六つ（午後六時頃）になったとき、広間に松平伯耆守が姿を現した。

「そろそろ打ち掛けの刻となった。次の白の手番で本日は打ち掛けといたす」

伯耆守は厳かに言った。

江戸時代、打ち掛けは白（上手）の手番と決まっていた。白番は打ち継ぎのときまでに、じっくりと考えることができる。これは明らかに白の有利であるが、慣習的に上手の権利として認められていた。ちなみに現代の二日制のタイトル戦は、そうした不公平をなくすために、一日目の打ち掛けのときは「封じ手」を用いる。打ち掛けの手番の者が、再開の時はここに打つという手を碁譜に書き込み、封筒に入れて立会人に渡す。立会人はそれを糊付けして保管し、翌日の対局再開の時に開封する。相手はそこで初めてその手を知ることになる。

三つの対局とも、黒が打ったところで打ち掛けとなった。

対局者たちはそれぞれ用意された部屋に引き上げた。互いに会話を交わすことは禁じられている。御城碁は真剣勝負である。打ち掛けの間も勝負は続いているのだ。対局者には松平伯耆守宗発の家中の侍たちが世話役として付けられていた。

翌朝、辰(たつ)の刻（午前八時頃）に、対局が再開された。

仙知と丈和の碁は依然として戦いが起こらないまま序盤が過ぎようとしていた。丈和はひたすら固く打ち進めた。仙知は丈和を挑発するようにも見える妖手を繰り出してきた。それは丈和の踏み込みを誘う手でもあった。丈和は戦いにいきたい気持ちをぐっとこらえ、じっくりと打った。

因淑と元美の碁も、元美が先番の効を維持しながら、中盤へと進んでいた。

元丈と安節の碁は、依然と安節の猛攻が続いていたが、元丈もしぶとく守り、黒に決定的な優勢の形を与えなかった。

ここで二日目の打ち掛けとなった。丸二日費やした時点で、三局の碁はいずれも百手前後しか進んでいなかった。

三日目も辰の刻に再開された。

仙知と丈和の碁、因淑と元美の碁は大きな戦いのないまま、中盤の大ヨセに入っていたが、異変が起こりつつあったのは、元丈と安節の碁だった。

黒の猛攻を受けて防戦一方だった元丈が、中盤に差し掛かったところでほぼシノギ形にしつつあった。それこそ服部因淑が危惧したことだった。そして何よりも怖れていたことが起こった。元丈がついに攻めに転じたのだ。

碁の一気呵成の攻めというのは両刃の剣のようなところがある。調子に乗って攻め続けると、石が伸び切って弱点を生じる恐れがある。実際の戦に喩えれば、これは戦線を拡大しすぎた場合や、あるいは補給を考えずに敵陣深くに攻め入った場合と言える。その結果、戦線の弱いところを衝かれたり補給路を断たれたりして苦戦するケースがあるように、碁においても同様のことが起こる。

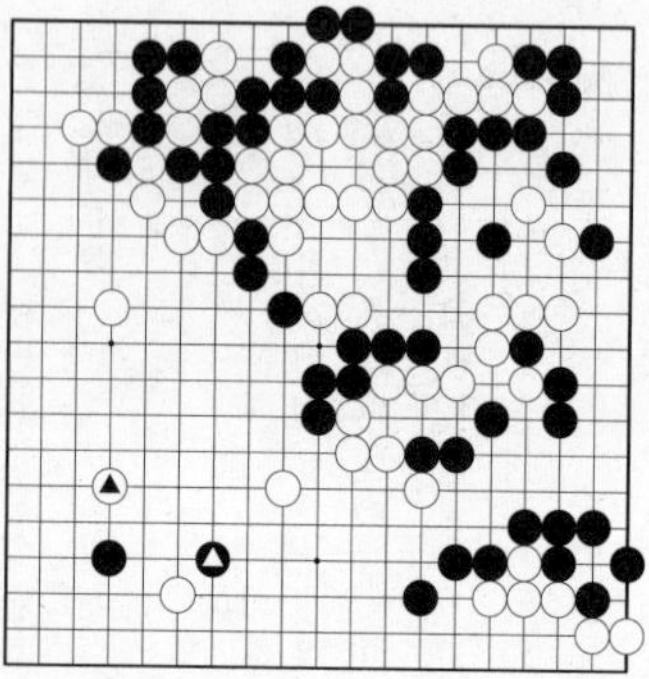

このときの安節がまさにそうだった。一気に粉砕しようと強襲したものの、元丈の強靱なシノギに遭い、逆に弱点を衝かれたのだ。安節は自らを守るために後手を引き、白に左下の大きなカカリを打たれた。

文政2年（1819年）11月　御城碁
本因坊元丈
二子　井上安節
120手△まで。115手▲のカカリに対して、△の勝負手で応じた安節は今一度、盤面を見つめ、時間をかけて形勢判断した。愕然とした。カカリを打たれたことで二子の効力が消えているではないか――。血の気が引いた。二子の有利が消えたとなれば、ここから先は互角の者同士の戦いになる。つまり、名人の力量ありと言われる元丈に対して、同じ力を出さねば勝てないのだ。

隣で打つ因淑も安節の苦戦を予想した。しかしどうすることもできない。助けてやることはもちろん、声を懸けてやることさえできない。

安節よ、と因淑は心の中で言った。お前が真に名人を目指すなら、見事、この碁を勝ってみせよ。そしてもう安節の碁は見ないと決めた。自分の戦う相手は林元美である。今はただこの碁に集中する。

安節は一時（二時間）以上熟考した後、百二十手目に渾身の勝負手を放った。

一旦は諦めた中央の大石の攻めを再開した手だった。白の大石には生きがあるが、それを攻めることによって自らのシノギと左下の白石の攻めを見た、安節ならではの大きな構想力を持った手だった。

元丈は、来たな、というふうに不敵な笑みを浮かべると、左下の黒の連絡を断った。それは大石を攻めてこいという手だった。

碁は一気に険しく、また複雑なものになった。お互いが攻めながら守り、また守りながら攻めていた。

元丈は打ちながら、安節の凄まじいまでの力に感服していた。中盤、二子の効力をほぼ消した時点で、この碁はいけると思った。中盤で形勢不明となれば、あとは地力に優る白の有利は明らかだった。しかし、その後の安節の頑張りは驚くべきものだった。打つ手すべてが勝負手だった。これは侮れない相手だ。一瞬でも油断すると、首が飛ぶ。

元丈は久しぶりに燃えるような気持ちを味わった。それは長年の宿敵であった仙知(知得)との碁では感じないものだった。仙知とはお互いに芸の秘術を尽くす剣舞のようなものだが、この碁は違う。生きるか死ぬかというどろどろとした血みどろの戦いである。

よし、と元丈は思った。この若造ととことん戦ってみようではないか——。


三局の中で一番早く終局したのは、服部因淑と林元美の碁だった。林元美が先番で七目勝ちして、御城碁初出仕を白星で飾った。因淑は負けはしたが、悲願であった御城碁を打てた喜びでいっぱいだった。碁の内容にも満足していた。

対局を終えた二人は広間を後にした。

残りは二局である。仙知と丈和の碁も終盤に差し掛かっていた。

丈和はついに盤上で仙知と一度も矛(ほこ)を交えなかった。ひたすらに固く打ち、中盤以降、仙知の繰り出す勝負手をすべて受け切った。

すでに両者とも勝敗の行方は読み切っていた。あとはヨセを残すのみである。両者は最善のヨセを打ち、亥の刻頃（午後十時頃）、終局した。作って、丈和の五目勝ちだった。

丈和は大きなため息をついた。初めての御城碁で、恐るべき難敵に勝つことができた喜びは大きかった。

江戸時代の先番（黒番）の有利はほぼ五目。したがって丈和の五目勝ちは先番の効を守り切ったということで、申し分なしの結果であった。

仙知と丈和は丁寧に辞儀をすると、静かに退室した。

大広間で対局しているのは本因坊元丈と井上安節（立徹）の二人だけとなった。

碁は最後の勝負どころに差し掛かっている。劣勢と見た安節の気合いの一手から、下辺には大きな黒模様ができていた。

最初、元丈は容易に荒らせるだろうと見ていたが、あらためて読むと、ことはそう簡単ではないことがわかった。深く踏み込めば、超難解な攻め合いになる。手負いの安節は生きるか死ぬかの勝負に来る。白が生きれば、碁はそこで終わるが、はたして生きがあるのか――。

時刻は戌の刻（午後八時頃）を過ぎていた。

白からはいつでも打ち掛けを提案することができたが、元丈はそうしなかった。互いの太刀が鎬を削っているまさにそのときに、勝負を中断するなどということは、元は武士である元丈の矜持が許さなかったのだ。

元丈は下辺を睨みながら、ひたすら読んだ。だが、どれだけ読んでも白が無条件で生きる筋は見えない。かといって外から安全なヨセを打てば、勝ちは見えない。あらためて、安節のヨミに感服した。こやつ、やはりただものではない。その力は丈和に優るとも劣らぬものがある。

元丈は一時（二時間）以上、長考した。後に、この広間で対局を見つめていた松平伯耆守宗発の家臣の者は、このときの元丈を「まさに仏像のごとくであった」と伝えている。

やがて元丈はゆっくりと右手を碁笥に入れると、下辺にツケを打った。その手は下辺を根こそぎ荒らそうという強手だった。すかさず安節は下からハネを打った。元丈は切った。もうこうなればただではすまない。

元丈はたったひとつの生きの筋を見ていた。それは右下の白を犠牲にするというものだった。もし安節が下辺を取りに来れば、右下から大きなヨセを打つ。それで碁は悪くない――。

しかし安節は白を簡単には捨てさせなかった。ならばと、元丈は下辺を生きにかかる。

安節は許さんとばかりに大きく取りに来た。元丈はそれを待っていた。すかさず下辺にスベリを打つ。それは下辺を小さく取らせようという手だった。一方、安節はあくまでも大きく取ることを狙う。まさしく両者が互いの意図を外す手の応酬だった。

この超難解な攻め合いは結局、白が右下隅を捨て、下辺を大きく生きた。しかも先手を取り、左上隅の大きなヨセを打った。これで形勢は極微となった。残すは小ヨセである。

両者は懸命にヨセの手を打った。すでに夜は明け、広間には朝の光が差し込んでいた。

終局は辰の刻(午前八時頃)、二百八十七手完、黒番、安節の一目勝ちだった。

安節は肩を落として大きなため息をついた。勝利の喜びはどこにもなかった。二子置きながら、ようやくの一目勝ちは、とても名人碁所を目指す者の碁ではない。自らの不甲斐なさに恥じ入るような気持ちだった。

同時に元丈の真の強さを初めて知らされた。それまで二子置いて二局打ち、いずれも八十手前後で中押し勝ちしていたが、御城碁となったときの気合いはまるで違う。「元丈、恐るべし」と肝に銘じた。

事実、この碁は本因坊元丈の名を大いに高めた。当時の安節は、段位は五段とはいえ七段の力ありと見られていた。その安節に二子置かせ、一目しか負けなかったのは、まさに名人の所作と言われた。『坐隠談叢』にも「元丈一生の出来と伝へらる」とある。

ただ、その元丈に対して一度は劣勢になりながら、そこから盛り返して一目勝ちした安節の力も並ではないことはたしかだ。

碁の内容には不本意ではあったが、それでも井上家跡目として初めての御城碁を勝利で飾ったことに、安節は安堵した。同じ初の御城碁出仕の丈和が安井仙知に勝利したのに、自分が負けるわけにはいかなかったからだ。

とまれ、本因坊丈和と井上安節は、ともに本因坊家、井上家の跡目として、初めての御城碁に勝利した。そしていよいよ、二人の本格的な戦いの幕が切って落とされた。

後に「天保の内訌（ないこう）」と呼ばれる名人碁所をめぐる争いが起こるが、それに深くかかわる五人にとって、この文政二年（一八一九年）の御城碁は遥かなる前哨戦（ぜんしょうせん）と言えた。

なお、このとき松平伯耆守宗発の下屋敷で打たれた下打ちの三局は、その年の十一月十七日、千代田城（江戸城）の御黒書院において、十一代将軍家斉（いえなり）の前で披露された。もちろん、ただ石を置くのではなく、いかにもその場で対局しているように並べる。家斉もそのことは知っていたはずだが、真剣勝負に立ち合うがごとく盤面を見つめていたに違いない。

碁打ちたちは全員、僧衣をまとっていた。それが御城碁における正装だった。

余談だが、家斉の将軍在位期間は五十年と、徳川歴代将軍で最も長く、したがって御城碁を観戦した回数も圧倒的に多い。しかし、家斉が碁を愛好したという記録は残っていない。当日、将軍の所望によって打たれる「御好碁（おこのみご）」が五十年間で一局しかないことから見ると、碁に関心がなかったように思われる（次の十二代将軍家慶は在位十六年の御城碁観戦で二十八局もの御好碁を打たせている）。

十三

年が明けて文政三年（一八二〇年）になった。

もはや部屋住みの碁打ちではなく、幕府からも扶持（ふち）を受ける公認の碁士となった本因坊丈和と井上安節は、いずれは名人碁所にという夢を胸に新しい年を迎えた。

丈和は跡目になったのを機に道場を出て独立し、同じ本所相生町（ほんじょあいおいちょう）に別宅を構えていた。同時に妻帯し、この年、長子、梅太郎（うめたろう）をもうけている。

一月十四日、上野の寛永寺真如院の碁会において、丈和は師の元丈と対局した。丈和の先番にはさしもの元丈もなすすべもなく中押しで敗れた。

当時、丈和は元丈と完全に肩を並べていたと言われる。文政に入った頃の丈和はすでに名人の域に到達していると見る現代の棋士も少なくない。しかし段位はいまだ六段に抑えられていた。これは他家との勝負を有利にするためでもあったが、それだけではない。八段の元丈に対して七段となれば、手合割は先々先ということになり、三局に一局は師が黒を持たねばならず、あるいはそれを避けるためであったのかもしれない。ともに名人の力量ありと言われている元丈と仙知（知得）は別格に置かれていたからだ。

同じ月の十九日、井上安節は旗本の柴田源一郎宅で八段の安井仙知（知得）と対局している。手合は対元丈と同じ先二の二子番であったが、安節はわずか百十四手で中押しに破っている。元丈との御城碁では力みから思わぬ苦戦をした安節だったが、この碁は平常心で打ち、いかんなく実力を発揮した。そうなればいかに仙知とはいえ二子は手合違いだった。

三月五日、安節は木村甚右衛門宅において、今度は先二の先番で仙知と対局している。仙知に対しての初めての先番ということで、力いっぱい戦ったが、仙知の牙城を崩すことは出来ず、白番仙知の一目勝ちに終わった。安節は二子では見えなかった仙知の強さを初めて味わった。

その一ヶ月後の四月十日、薬研堀（やげんぼり）の安井家の碁会において、丈和が仙知と打った。

これは世間の注目を集めた一局だった。五ヶ月前の御城碁では、ひたすら固く打って五目勝ちを収めた丈和だが、その手は仙知相手には二度は通用しないと見られていた。また三月に仙知は安節に向こう先で一目勝っているだけに、丈和がここで仙知を破れば、安節よりもはっきり力が上であるという見方もあった。

　ちなみに仙知と丈和の年齢差は十一、これは丈和と安節の年齢差と同じである。この年齢差は実に微妙なものがある。下の者が未だ熟していない段階では上の者が有利で、逆に下の者が全盛を迎えた頃には上の者は衰えの分、不利となる。かつて元丈とともに碁界を制覇した仙知もすでに打ち盛りを過ぎていた。

　この碁、丈和は序盤から戦いを見据えて打った。御城碁では守り抜いて勝利を得たものの、おそらくもうその手は効かない。ならば、戦い抜いて勝つ——そう覚悟して打った碁であった。「丈和は仙知を虎のごとく怖れた」と噂されたことに対する反発もあった。たしかに仙知のヨミは恐ろしいものがある。しかしヨミならば決して負けない自信もあった。御城碁では勝ちたい一心で徹底して不戦を貫いたが、今度は力の限り戦って見せる——。

　仙知も阿吽(あうん)の呼吸で丈和の意図を悟った。そして来るなら来いとばかりに、ひたすら辛く打った。つまり地を稼ぎ、あとはシノギにかけるという仙知ならではの打ち方である。

　ところが盤面は派手な戦いがないまま、四十四手まで進んだ。それは剣豪同士が互いの剣の間合いぎりぎりに近付きながら睨み合っているような碁であった。どちらかの剣先が少しでも動けばたちまちのうちに激しい斬り合いとなる。

四十五手目、丈和が左辺でオサエの強手を打った。まさしく剣が振り下ろされた瞬間とも言える一手だった。

仙知は間髪入れずにキリを入れた——ついに戦いが始まった。ここから先は無限と言えるほど膨大な変化がある。

観戦者一同は沸き立った。当代きっての剛腕と言われる丈和が、仙知相手に真っ向勝負の戦いを挑んだのだ。はたしてどちらの力が優るのか——。

ここで陽が落ちた。仙知の提案により、五十五手目で打ち掛けとなった。

この碁は二十日後の四月晦日(みそか)に打ち継がれた。

両者の凄まじい激突は評判を呼んでいて、この日は初日以上に観戦者がいた。

仙知の五十六手目から再開された碁は複雑怪奇を極めた。左辺から始まった戦いは中央に派生していき、やがて全局へと広がった。互いに生きていない大石がいくつも絡み合い、一手打つごとに攻守が入れ替わるほどの難解な碁だった。

丈和は打ちながら仙知の恐ろしさを肌で感じていた。いつ大石が殺されるかもしれないという恐怖が去らなかった。背中が冷汗でぐっしょり濡れているのがわかった。摘(つ)まんだ碁石までも汗で光っている。だが、死ぬのを怖れて生きる手を選んだ瞬間あっという間に抜き去られる。

我慢比べだ、と丈和は自らに言った。怖いのは向こうも同じだ。怯懦こそが敗北につながる道だ。頼りとするはヨミだけだ。

碁は百手近くまで進んでいたが、戦いが終息する気配もなく、それどころかなおも難解な世界へと突入していた。ただ、その戦いの中で白は少しずつ差を詰め、黒の先着の効はほぼ消えかかっていた。

丈和は容易ならぬ事態を悟った。この時点で形勢不明ということは、白に打ち回されたことを意味する。しかも仙知のヨセは当代一である。

仙知が百手目を打ったとき、丈和は大長考に入った。昼前から延々と考え、なんと次の手が打たれたのは夕暮れ近かった。このとき丈和は一手に六時間かけたと記録にある。

その手を見た瞬間、仙知は腕組みをした。それは次の手を容易には打たないというあらわれでもあった。そして彼もまた同じく延々と長考に沈んだ。やがて仙知の顔に苦悩が浮かんできた。

すでに陽はとっくに暮れ、部屋には行灯の火が灯されていた。

仙知は丈和と同じ六時間の長考の末、黒石にツケを打った。百二手目もまた妙手だった。

合計十二時間を費やした二手から上辺で新たな戦いが生じた。ところがすでに子の刻（午前零時頃）を過ぎていたということもあり、碁は黒の百三十九手目をもって打ち掛

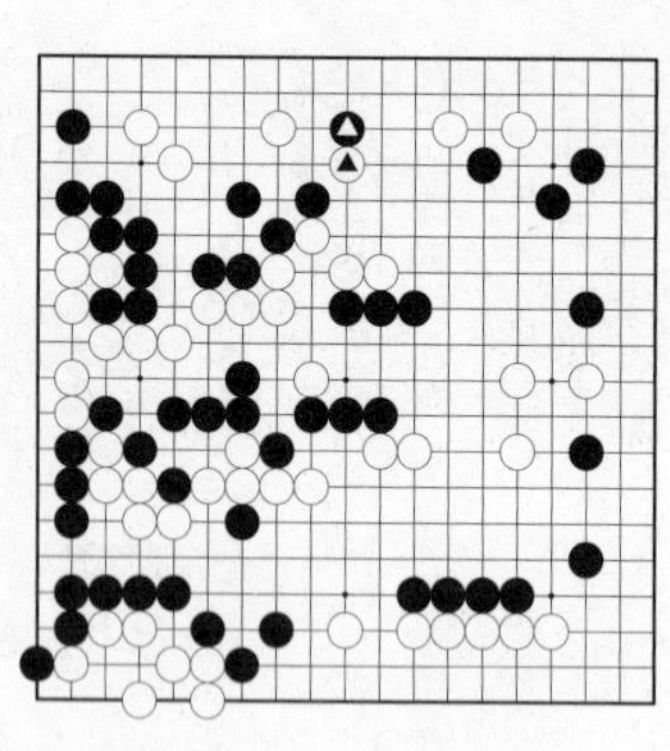

文政３年（1820年）４月30日
安井仙知
先　本因坊丈和
「当世極妙碁」。102手◬まで。黒は101手目▲に、白は102手目◬に六時間考えたといわれる

けとなった。

二度目の打ち継ぎは翌月の十四日に行なわれた。この日の観戦者は前以上に増えていた。

両者は依然として激しい戦いを繰り広げたが、前回の百一手目の妙手により、黒がわずかに得をした。とはいえ仙知の応手も見事なもので、両者の応酬は神がかりともいえるものだった。

黒がやや盛り返したものの、形勢は依然細かいままだった。ここから先は神経をすり減らすヨセであるが、大石同士の攻め合いはまだ終わっていない。つまり互いに大石の死活を見据えながら、ヨセの計算をするという恐ろしく難解な戦いに入っていた。両者、一手一手時間をたっぷりと使って打った。

すでに子の刻（午前零時頃）になろうとしていた。当時は、ヨセに入れば、何時間かかろうと打ち切ってしまうという不文律のようなものがあった。

両者ともに顔に疲労の色が濃くあらわれていたが、二人は気力を奮い起こして、ひたすら読んだ。

終局は翌日の酉の刻（午後六時頃）と記録にある。二人は前日の朝から三十数時間ぶっ通しで打ち続けたことになる。結果は、二百五十九手まで、黒番丈和の二目勝ちだった。

ただ、専門的な話になるが、この碁は黒が劫材豊富を頼りに二段劫を二つとも継ぐという非常に珍しい碁であった。つまり二目差とはいえ、限りなく一目差に近いものと言えた。

この碁は「当世の極妙碁」と呼ばれたほどの名局だった。また『坐隠談叢』には「仙知一生の上出来なりと伝へらる」と書かれている。これは前述した同時代の素人強豪、信州松代藩の祐筆であった関山仙太夫が書き残したものである。

もうひとつ仙太夫は不思議なことを記している。丈和が百一手を打った時点で二目勝ちを見定めたというのだ。そしてその手を見た仙知も同時に二目負けを悟ったが、何とか一目負けにしようと試みるも、ついに果たせなかったという。

この碁に勝利した丈和の評価は一気に上がった。同時に、彼の胸にははっきりと「名人碁所」という野望が灯った。

第五章

両国小町

一

本因坊丈和と井上安節がともに本因坊家と井上家の跡目となった文政二年（一八一九年）以降、二人の対局はぴたりと止む。

もはや部屋住みの碁打ちではないだけに気軽に打てなかったからだ。まして「名人碁所」を見据えていた丈和にとっては、今後の対局は以前とは重みがまるで違う。ひとつの負けが名人碁所を遠ざけることにもなりかねない。

文政三年（一八二〇年）は記録上、丈和と安節の対局はない。

この年の御城碁の下打ちは十月に寺社奉行である松平周防守康任（石見国浜田藩）の外桜田（現・皇居外苑）の上屋敷で打たれた。取り組みは以下である。

本因坊元丈
先番 井上因砂
林元美
先番 井上安節

先番｛服部因淑
　　　本因坊丈和

結果は井上因砂が十一目勝ち、井上安節が十一目勝ち、本因坊丈和が中押し勝ちをおさめた。ただ、因淑と丈和の碁は、因淑が見事な打ちまわしを見せ、丈和をあわやのところまで追いこんだ。終盤の見損じがなければ、白番の名局となった碁であった。きわどく勝利をものにした丈和であったが、かつての「鬼因徹」の恐ろしさを存分に知らされた。

これで丈和と安節はともに御城碁で連勝した。おそらく次の御城碁では二人が対局するであろうと言われた。

碁界が丈和と安節を中心に静かに動き始めたこの年、本因坊家を悩ます出来事が起こった。

千代田城御黒書院で御城碁が打たれた数日後、阿波国徳島藩（あわのくにとくしま）の藩主、蜂須賀（はちすか）阿波守斉昌（あわのかみなりまさ）公の使者が本因坊家を訪れた。

使者の持参した書を読んだ元丈は苦虫を噛（か）み潰したような顔をした。使者が去ると、すぐに門下生に命じ、別宅に住んでいた丈和を呼び寄せた。

「阿波の殿様が、召し抱えた碁打ちと手合してもらえぬかと言ってきた」

「師匠、何用でございますか」

丈和は頷いた。こうしたことは前例のないことではない。どこの国にも在野の強豪がいる。そうした碁打ちを碁好きの藩主が召し抱え、上京した折に家元と打たせることはたまにあった。しかし在野の強豪とはいえ所詮は素人碁打ちである。たいていは門下の初二段あたりが出て、あしらった。ただ、わざわざ跡目の自分を呼ぶということは、何か特殊な事情があるなと思った。

「まさか、阿波殿は元丈師との手合を求めてきたというのでしょうか」

「いや、さすがにそれはない」

元丈は笑った。

かつて天和二年（一六八二年）、琉球王から薩摩藩を通して他流試合を申し込まれた時、本因坊家の四世当主であった道策が出たことがあったが、これは例外中の例外である。当時は琉球は外国扱いであったので、幕府が道策に対局を命じたものである。ちなみに、このとき名人碁所であった道策は、琉球一の打ち手であった親雲上濱比賀に四子置かせて圧勝しているが、これは道策の神業とも評されている（二局目は濱比賀が四子置いて勝っているが、これは道策が譲ったと言われている）。

「では、お困りの様子はなにゆえでございましょう」

丈和は訊ねた。

「蜂須賀公が召し抱えた碁士（ごし）というのは――米蔵（よねぞう）だ」

丈和はその名を聞いて驚いた。

阿波の米蔵――およそ碁打ちで彼の名前を知らぬ者はない。丈和が松之助と名乗っていた頃から、その名は天下に轟（とどろ）いていた。本名は四宮（しのみや）米蔵、無敵の賭け碁打ちで、生涯に稼いだ金は三千両とも言われる。淡路島の出で、碁は完全に独学。したがって形も筋も決して美しくはないが、そのヨミは岩をも穿（うが）つほどに凄まじいという噂だった。

丈和は初めて本因坊家を訪ねた時、元丈に「阿波の米蔵になれるやもしれぬ」と言われたことを思い出したが、そのことは口にしなかった。

「まだ生きておったのですね」

「五十二だという」

普通なら棋力（きりょく）も衰える年齢である。しかし蜂須賀公がわざわざ本因坊家に対局を申し込んできたということは、今も相当な力を持っているのかもしれぬと丈和は思った。

「米蔵の碁は何局か見たことがある」元丈は言った。「碁の法にはない打ち方をする。一種の邪剣だ。化け物と言ってもいい。いたるところに罠（わな）がある。なまじの玄人（くろうと）では潰（つぶ）されるだろう」

「はい」

「本因坊家が打つ限りは、向こう先などはもってのほか。少なくとも二子は置かせねばならん」

元丈はそう言って丈和を見た。丈和は全身が熱くなった。その手合の重さは尋常なものではない。本師は自分に打てと言っているのだ。ただ、二子で勝てないとなれば、坊門の面目は丸潰れだから本因坊家跡目が在野の賭け碁打ちに二子置かせて打つなどというのは容易なことではない。

である。だが、米蔵に二子置かせて打つなどというのは容易なことではない。

「かしこまりました」丈和は答えた。

「うむ」と元丈は頷いた。「見事、化け物を退治してみせよ」

十一月二十八日、阿波国徳島藩の家臣三人とともに、米蔵が本所相生町の本因坊家にやってきた。

丈和は道場で米蔵と初めて相対した。小柄な男で、坊主頭の風采の上がらない老人だった。しかし眼光だけはやけに鋭かった。また顔には刀傷と思われるものがいくつかあり、両手の指も何本か欠けていた。おそらく相当の修羅場をくぐってきたのであろう。

「米蔵殿のお相手は当家の跡目、丈和が承る」

元丈が徳島藩の家臣に言った。一人の侍が「承知いたした」と答えた。

「手合は二子とする」

五段格を自称する米蔵は一瞬不服そうな表情をしたが、すぐに口元に不敵な笑みを浮かべると、黙って盤面に石を二つ置いた。

米蔵が「天下二目」を豪語しているというのは聞いていた。「天下二目」とは、「二子置けば、誰が相手であろうが無敵である」という意味である。この不遜な言葉を元丈は許さぬと、丈和に二子で打てと命じたのだ。

丈和が米蔵と打つことはすでに江戸の碁好きの間に知られていた。天下の賭け碁打ちがはたして本因坊家の跡目を二子で破るか、それとも力量はすでに元丈・仙知と並ぶと言われる丈和が家元の力を見せるか――これは世間の注目を大いに集めた。

丈和は残された空き隅のうちのひとつ、右下の小目に打った。米蔵は左上の小目に打った。丈和がその石にケイマにかかると、米蔵は三間に挟んだ。丈和は左下隅にカカリを打った。米蔵はケイマに受けた。丈和が左上を大斜にかけると、米蔵は手を抜いて左下の白にコスミツケを打った。丈和は、やるな、と思った。

丈和は気合いで左上の黒に襲いかかった。黒は激しく抵抗した。いきなり力と力が正面からぶつかったのだ。その結果、驚くべきことが起こった。なんと黒の隅の六子がすべて死んでしまったのだ。

観戦していた坊門の門下生たちはあっけにとられると同時に、素人の筋悪に笑いを噛み殺した。ただ元丈だけはにこりともせず、真剣な顔で盤面を見つめていた。

丈和もまた打ちながら、背筋に厭(いや)なものを感じていた。米蔵の石は取られたのではなく、左下の白を大きく攻めるために敢(あ)えて捨てるという豪快な手だったからだ。普通はそこまで大胆には打てない。攻めがうまくいかなかった場合、隅の損が大きすぎる。しかし米蔵は躊躇(ちゅうちょ)なく隅を捨ててきた。その度胸と自信は尋常ではない。

米蔵の凄まじい攻めがやってきた。丈和はそれを受けて立った。

米蔵の力は想像をはるかに超えるものだった。一見筋悪に見えてさにあらず。その裏には深いヨミがあった。丈和は心のうちで、賭け碁で三千両稼いだというのもむべなるかなと思った。噂通りの恐ろしい相手だ。

だが、むしろ闘志が湧いた。こうなれば、とことん力比べでやっつける。

盤面はとんでもないことになっていた。互いに生きていない石同士が複雑に絡みあい、一歩でも誤ればたちまちのうちにつぶれる。最初、笑みを浮かべながら見ていた門下生たちも皆、真剣な眼差(まなざ)しで盤面を見つめている。

力比べは丈和が制した。次第に米蔵を追い詰めた。終盤、形勢不利と見た米蔵は右辺で勝負手を放った。丈和はおだやかに受けても白に残ると見たが、そうは打ちたくなかった。この賭け碁打ちを力でねじ伏せてやると、最強の手を選んだ。

両者懸命のヨミ比べは丈和に凱歌(がいか)が上がった。右辺は劫(こう)になり、丈和は白を捨てたが、中央の黒を大きく取った。碁は実質そこで終わった。

作り終えて白番丈和の九目勝ちだった。

米蔵は顔を真っ赤にさせてしばらく無言のままだった。

「丈和殿は八段か」

米蔵は唸るような声で訊いた。

「六段でござる」

「何っ！」米蔵は声を上げた。「その腕で六段と——」

元丈が落ち着いた声で言った。

「丈和はいまだ七段上手の器ではない。家元の段位は甘いものではない。七段上手の上に八段半名人がある」

米蔵はがっくりと肩を落とした。

徳島藩の家臣は元丈に丁寧にお礼を述べると、蜂須賀公からの謝礼を手渡し、本因坊家を辞した。

米蔵たちが去ったあと、元丈は丈和に言った。

「恐ろしい打ち手だったな」

丈和は頷いた。

「盤面は九目と開いたが、紙一重の勝負であった」

「はい」

「しかしながら家元の名誉をよくぞ守った」

元丈はそう言って豪快に笑った。

数日後、蜂須賀公から本因坊家に手紙が届けられた。そこには先日の対局へのお礼の言葉の後に、米蔵に三段の免状を与えてほしいと書かれてあった。元丈は、謝礼への返礼を述べた後、六段に二子で勝てぬようでは三段の免状を差し上げることはできませぬと返事した。

ひと月後、蜂須賀公から再度、対局を請(こ)う書状が届いた。

「丈和、どうする」

元丈は訊いた。

「すでに勝負は決着したと言って、断ることもできるが」

「勝ち逃げしたと言われては面白くありませぬ。私は挑まれればいつでも打ちます」

丈和の言葉に元丈はにやりと笑った。

門下の対局を許すのも命じるのも当主の権限である。したがって米蔵との対局を跡目の丈和に諮(はか)る理由はない。元丈が訊ねたのは、丈和のその言葉を聞きたかったからにほかならない。

丈和にとってもこれは望むところだった。跡目となって以来、手合数が減っている折に、米蔵との対局はまたとない真剣勝負の機会だったからだ。

この年の十二月十六日、丈和と米蔵の二局目が行なわれた。この顚末は『坐隠談叢』にはこう書かれている。

「米蔵の藩主阿波守は、使者を本因坊家に送りて、米蔵の三段昇格を求めけるに、元丈は門下他生等が、異議を唱ふる故を以て、許容出来ずと、回答に及べり。然るに、米蔵は之を不服として、尚三段を乞ふて止まず。元丈乃ち丈和と対局して勝たば、之を許さんとの提議を出す」

おそらく米蔵が蜂須賀斉昌公に頼みこんだのであろう。「天下二目」を豪語する米蔵にとって、六段に二子で負けたとあっては矜持が許さぬものがあったに違いない。また蜂須賀公に対する面目なさを払拭する意味もあっただろう。

米蔵にとってはまさしく背水の陣の対局である。

この碁も序盤から終始、激しい戦いが繰り広げられたが、またもや丈和が勝った。

これで丈和の二連勝となったが、米蔵は再度、蜂須賀公に嘆願し、ここにこの対決は十番碁の勝負となった。そして四日後の十二月二十日、三局目が打たれることとなった。

三局目は前二局以上の熾烈な戦いとなった。序盤から火を噴くような攻めあいが続いたが、終盤ついに米蔵の強力が丈和をねじふせた。米蔵が中押し勝ちで一矢を報いた。

その八日後の十二月二十八日、四局目が打たれた。

この碁は前三局をさらに上回る凄絶な碁となった。右上で生きるか死ぬかの攻めあいとなったが、米蔵は丈和相手に一歩も引かず、ついに白の大石を全滅させてしまった。米蔵がいよいよ力を発揮しだしたのだ。

観戦していた門下一同は米蔵の異様な剛力とヨミの深さに唖然とした。元丈もまた恐ろしい顔で終局の盤面を見つめていた。

これで二勝二敗の五分となったが、こうなれば両者ともに引けない戦いとなった。米蔵は一気に勝ち越して三段の免状を手に入れようとしたし、一方、丈和も再び突き放して、坊門の強さを世に示さねばならなかった。

戦いは年を跨いで続けられた。文政四年（一八二一年）一月十四日、本因坊道場で第五局が打たれた。

この碁は丈和の力がものを言って、白番十目勝ちに終わった。しかし九日後の一月二十三日の六局目は米蔵が中押し勝ちした。

こうして両者三勝三敗で迎えた七局目、囲碁史に残る凄まじい激闘譜が生まれた。

二

文政四年（一八二一年）一月二十五日、丈和と米蔵の七局目が本因坊家で打たれた。観戦者は本因坊家の数人と蜂須賀家の侍二人である。

開始早々、右下の黒のカカリに丈和が挟んだとき、米蔵は力強くカケを打った。これは切ってこいという手だった。切れば当然のごとく難解な戦いになる。天下の本因坊の跡目に対して打てる手ではない。

キリは白にとっても怖い。だが、挑まれて逃げるわけにはいかない。丈和は敢然とキリを打った。

ここから凄まじいねじり合いが始まった。

丈和は打ちながら、米蔵の力に内心大いに感服していた。手筋もヨミも申し分ない。十番碁が始まった当初は、いかに強くとも所詮は在野の賭け碁打ち、筋悪の力自慢であろうとたかをくくっていた。しかし局数を重ねるうちに、並の打ち手ではないということがわかってきた。それどころか高段の力はある。そのヨミたるや尋常なものではない。はっきり言って二子の手合ではない。先二あるいは定先でも十分に打てる。だが、本因坊家の跡目が素人碁打ちに向こう先番で打つわけにはいかぬ。

両者ともたっぷりと時間をかけ、一歩も緩まず戦った。この戦いの最中に陽は落ちたが、丈和も米蔵も打ち掛けにする気はなかった。

戦線は収まるどころかさらに拡大した。左辺で新たなキリ違いが生じ、ついに大石同士の攻め合いになった。こうなればもうただではすまない。どちらかが死ぬ――。

いつのまにか子の刻（午前零時頃）を過ぎていたが、両者ともひたすら盤面を睨んでいる。

手筋を駆使する丈和に対して、米蔵もまた最強手で応じた。百三手で白の有利な二段劫となったが、それは米蔵のヨミ筋でもあった。米蔵は絶対的な一劫を用意していたのだ。そして劫を抜き返すと、丈和が打った右下の劫立てにはかまわず、百十手で劫を解消してしまった。その瞬間、丈和の二十一子の大石が死んだ。

丈和が得たものは劫の振り替わりによる右下の数子にすぎない。碁は黒の圧勝の形となった。

しかし丈和は投げなかった。中央の黒の攻めに一縷の望みを託して打ち続けた。

このとき米蔵が安全第一に打てば白は窮したと言われている。だが米蔵は、勝ちと見て逃げるような打ち手ではない。下辺の白の味の悪さをついてさらなる攻めを見せた。

それこそ丈和が待っていたものだった。白はすかさず二つのノゾキを利かし、逆に黒全体を封鎖にかかった。丈和の死に物狂いの逆襲だ。

米蔵は腕組みして長考した。黒が死ねば、大逆転である。米蔵の額に汗が滲む。

すでに夜は明けていた。五十歳を超える米蔵の顔には疲労が色濃く出ている。

大石の生還を優先した米蔵がここで間違えた。生きれば勝ちと見た米蔵は、最強に打てば白を潰せる手を見落としたのだ。米蔵らしからぬ痛恨の見落としだった。

黒は生きたが、かなり損をし、逆に白は左辺の三子を飲み込んで地合いは接近した。

しかし碁は依然として黒がいい。序盤の二十一子取りが効いている。

このままヨセては足りぬと見た丈和は、中央の白石を生きずに、上辺の黒模様の中になだれこんだ。戦いはまだ終わらない。

米蔵は再び戦う気力を蘇らせ、許さぬ、とばかりに白の眼を取りにいった。生かして打つ手もあったが、それでは細かくなると見て、最後まで戦う気合いで打ったのだ。難解な攻め合いは、またもや劫となった。劫争いの結果、白は生きたが、黒は左辺の白の構えを壊した。碁は恐ろしく細かい。

時刻はまもなく巳の刻（午前十時頃）になろうとしていた。

碁は極微のまま最後のヨセを迎えていた。また米蔵が間違えた。左辺のヨセで一目得する妙手を見落としたのだ。

三百五手の激闘は、芇で終局した。

疲労困憊した米蔵は、しばらく立ち上がることができなかった。

丸一昼夜以上、盤側で観戦していた坊門の内弟子や蜂須賀家の侍たちも無言のまま盤

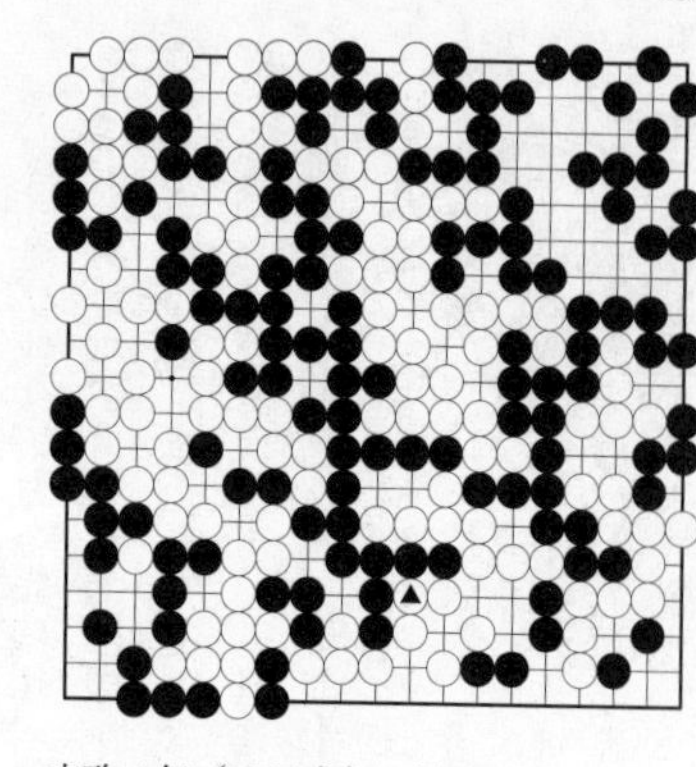

文政４年（1821年）１月25日
本因坊丈和
二子　四宮米蔵
丈和・米蔵戦第七局。305手▲完。史上に残る激闘譜として有名

面を見つめていた。

『坐隠談叢（ざいんだんそう）』に、この対局を語っている米蔵の言葉が残っている。

「丈和は実に名人の器か。予、かつて二子を置く時は天下に敵なしと信ぜしに、その七番目の碁、百十の手に二十一石を打抜き、すでに勝ちを占めたりと思ひきや、丈和が百二十五手を下すに及びて、主客たちまち転倒し、遂に帀（じご）に帰せり」

注目すべきは冒頭の「実に名人の器か」という言葉である。天下二目を自任し、ヨミと力は誰にも負けないと豪語した最強の賭け碁打ちの言葉だけに、家元の碁士の評価とは違う重みがある。

現代においては、この頃の丈和の力はすでに元丈を上回っていたのではないかとも評価されているだけに、「名人の器」と見た米蔵の目は間違ってはいなかったとも言える。

また『坐隠談叢』には、後年丈和が人に語ったとされる言葉も記されている。

「吾一生中、文政の間、米蔵と対局せし時代は、全くの打盛りにして、其の勝つべきは云はずもあれ、克ち難き碁にも、往々勝ちを得たる事ありし」

丈和自身も文政年間は自らの全盛期と認めていた。それにしても、「優勢な碁は確実に勝ち、劣勢な碁でも勝ちを得た」とは傲岸とも言える言葉であるが、注目すべきは、わざわざ米蔵の名前を出していることだ。つまりここで「克ち難き碁」とは、このときの米蔵の第七局、そして次に打たれた第八局を指して言ったものと言われている。

いずれにしても、米蔵ほどの強豪相手に二子置かせ、必敗に近い形から芇に持ち込むのは神業に近いと現代の多くのプロが言う。

六日後の二月二日、本因坊家で第八局目が打たれた。

米蔵は序盤の丈和の疑問手を厳しくとがめ、大優勢を築く。しかし丈和はここから力を発揮した。白の繰り出す勝負手に米蔵も強手で応じるが、丈和の凄まじい剛力にじりじりと差を詰められていく。

丈和の碁の研究で知られる高木祥一九段は、丈和の力の特質は、戦いに次ぐ戦いで少しずつ差を縮める息の長さであるという。ボクシングでたとえれば、一発の強打で倒すというよりも、連打で相手を疲弊させ、ダメージを蓄積させ、最後はノックアウトで仕留めるという感じだろうか。とにかく攻めが執拗で、スタミナ抜群なのである。しかも慎重かつ用心深く、相手のパンチをほとんど食うことはない。相手にとってこれほどやりにくい打ち手はない。

　この八局目の碁も、丈和の執拗な攻めに米蔵は根負けしたのか、終盤に抜かれる。作り終えて白番六目勝ちとなり、これで丈和の四勝三敗一芇となった。この碁も丈和の名局の一つと言われている。

　米蔵は五分の星に戻すべく、その月の十五日に九局目を打つが、丈和に十四目負けを喫し、二つの負け越しとなった。

　翌月の三月八日、最終の十局目に米蔵が四目勝ちし、十番碁は丈和の五勝四敗一芇で終了した。

「参りました」

　十番碁を打ち終えた米蔵は、畳の上に両手をついて、深々と頭を下げた。

「十局も教えていただき、まことにありがとうございました」

　丈和は五十を超えた男が素直に感謝の気持ちを述べる姿に感動した。

「いや、こちらこそ、米蔵殿との碁に学ぶものも多くありました」

　それは世辞ではなかった。

　たしかに米蔵の碁には正しい形がない。だが、一見筋悪の俗手に見えて、その裏には遠大なヨミが隠されている。いたるところに罠が仕掛けられているのだ。そして石がねじりあった時には恐ろしいまでの力を出してくる。そうなればもう形などは何の役にも立たない。家元で学んだ碁打ちでも、やわな打ち手だとたちどころに潰されてしまうだろう。

局数を重ねるうち、丈和はいつしか米蔵に対する敬意のようなものを持ち始めていた。家元で学んだこともなく、また高段者と対局したこともない老人がここまで強くなったことはまことに驚きであった。形を学ばなかった分、ヨミだけを頼りにここまできたのだろう。

米蔵との碁から学ぶものがあったのも事実だ。それは、碁の本質は「筋や形」などではなく、「ヨミと力」であるというものだった。「力」に対するには「力」でしかない。もし「筋」や「形」を学んだ者だけが勝てるなら、碁というものは薄っぺらい遊戯、あるいはただの「学問」にすぎぬ。米蔵との十番碁で自分の力が引き出されたような気がした。

丈和は後に、『国技観光（こくぎかんこう）』という自らの打ち碁集を刊行しているが、そこには、米蔵と打った十一局（十番碁の翌年に一局打っている）をすべて載せている。本因坊家跡目の打ち碁集として、一介の賭け碁打ちとの碁を全局載せるということは異様である。丈和がそれだけ米蔵との碁を高く評価している証左に他ならない。力の限り戦い抜いた十一局こそ、自らの誇りとしたのだろう。

本因坊元丈は米蔵に三段を与え、米蔵もまた本因坊の門下となった。

丈和が阿波の米蔵に二子で勝ち越したという話は江戸中に広まった。いかに丈和が強くとも米蔵の二子は支えきれないだろうという当時の碁打ちたちの予想を見事に覆したのだ。これにより丈和の評判が一気に高まった。

面白いことに丈和は文政三年の十一月から文政四年の三月まで、服部雄節（因淑があらたに養子とした少年）と二子局の打ち掛け碁が一局あるだけで、打った碁はすべて米蔵との碁だった。

同じ頃、安節もほとんど置碁（下手に石を置かせて打つ碁）しか打っていない。文政三年の暮から文政四年の十月まで、記録に残る安節の打ち碁は十三局だが、水谷琢順との互先二局（安節の一勝一打ち掛け）以外はすべて稽古碁に近い置碁である。

丈和も安節も跡目ということで、勝敗の重みがつく碁を打つ回数が減ったものと思える。

その年の十月二十四日、稲垣太郎左衛門の碁会において、両者は久々に激突することとなった。

丈和と安節の三年ぶりの手合、しかも本因坊家と井上家の跡目同士の対局ということで、当日、稲垣家は三十人を超える碁好きが集まった。

丈和は絶対に負けられぬ碁だと思った。この年、三十五歳になっていた丈和は、自分にはもうあまり時が残されていないと考えていた。おそらくこの数年が勝負であろう。名人碁所を目指すには、他の家元の当主や跡目に負けるわけにはいかない。ひとつの取りこぼしが大きな痛手となるからだ。まして自分の行く手を阻む最大の障壁となるのは安節をおいてほかにない。それゆえこの男だけには負けられぬ。

勝たねばならないと思っていたのは安節も同様である。丈和を倒せば、名人碁所も夢ではない。手合割は先々先だが、何としても互先にならねばならぬ。並びさえすれば、十一歳下の若さがものを言う。

序盤はじっくりとした布石になったが、五十六手目、右辺で丈和が打ったノゾキに対して、安節が継がずに劫にしたところから、盤上はにわかに険しくなった。

両者ともに右辺の劫を睨みながらの複雑な戦いになったが、競り合いの中で丈和はじりじりと黒に圧力をかけていった。

安節は打ちながら、こんなはずではなかったと何度も思った。三年前には並んだという自信があった。しかもこの三年間でさらに強くなった自覚がある。それなのに、戦いで遅れを取るなどと――まさか己以上に丈和が上達したというのか。

終盤、ついに白が劫にやってきた。

両者は延々と劫争いをしたが、この劫は白にとっては花見劫（勝てば大利、負けても痛手は少ない劫）のようなものだった。丈和は劫を争いながら、左辺の黒地を大きく荒らした。

丈和の二百十八手目を見たとき、安節は「負けました」と言った。そのまま、しばらく呆然と盤面を見つめていた。

完敗と言っていいほどの碁だった。丈和の剛力に屈した形で、中盤からはほぼ一方的にやられた。

丈和は強くなったのか。いや、それは有り得ない。以前から八段の力はあると見られていた丈和がさらに強くなったとすれば、それは九段——すなわち名人ではないか。

この碁はむしろ自分の不出来な碁であった。安節はそう考えようとした。三年ぶりの対局ということで、力が入りすぎたのだ。次に打つ時は、こんな無様な碁は打たぬ。

一方、丈和は打ち終えて、不思議な感覚に襲われていた。

複雑な戦いを制したのはたしかだが、懸命に読んだという意識がほとんどなかったからだ。まるで何かに導かれて打ったようだった。難解な局面にもかかわらず、はるかかなたまで見通せていた。闇の中をまるで一筋の光に向かって歩いているようでもあった。こんなことは初めてだった。途中から、自分ではない別の誰かが打っているような奇妙な錯覚に陥ったほどだ。

丈和はそのことを師の元丈に伝えた。すると元丈は不思議なことを言った。

「わしも若い時、それに似たことがあった」

「師匠もでござりますか」

元丈は頷いた。

「難解な局面で、じっと盤上を見つめていると、ある一点が光って見えるのだ――己は、ただそこに石を置くだけで勝てた。あとで並べ返しても、なぜそこに打ったのかわからぬほどの信じられぬ妙手であった。もしかすると、碁の神が舞い降りたか、と思ったこともある」

元丈はそう言って自嘲気味に笑ったが、丈和は笑わなかった。師の言葉に震えるほどの感動を覚えていたのだ。

「今にして思えば――」

元丈は遠い目をして言った。

「あの時こそ、わしの打ち盛りの時代であったかもしれぬ」

三

丈和と安節が三年ぶりに対局した三日後、御城碁の組み合わせが決まった。

先番｛井上因砂六段
　　　服部因淑七段

先　｛安井仙知八段
　　　林元美六段

先番｛本因坊丈和六段
　　　井上安節五段

最大の注目はやはり丈和・安節戦だった。

御城碁の前哨戦とも言える対局では丈和が圧勝したが、このまま終わる安節ではないというのがもっぱらの評判だった。

誰よりも安節自身がそう思っていた。碁会の手合と御城碁とでは重みが違う。稲垣家での手合では不覚を取ったが、御城碁で雪辱を果たしてみせる。碁会の手合と御城碁とでは重みが違う。御城碁で丈和を負かせば、前局の敗戦の屈辱を補ってあまりある。

安節は江戸の北にある花又村（現・東京都足立区花畑）の鷲明神（現・大鷲神社）まで足を伸ばし、必勝を祈願した。鷲明神は平安時代に源義光が後三年の役のおり、兄の義家を助けるため陸奥へ向かう途中、この地で見かけた鷲のおかげで戦いに勝つことができたことから、その後その鷲を祀った神社である。古くから武士たちが「武運長久」を祈願した。

御城碁での丈和との対局は、「戦」であると安節は考えていた。彼が勝負の前に神仏に祈願するのは初めてのことだった。

安節は拝殿の前で手を合わせると、「何卒、ご加護を」と祈った。


文政四年（一八二一年）十一月朔日、六人の碁士は御城碁の下打ちのために寺社奉行である石見国浜田藩主・松平周防守康任の上屋敷を訪れた。

大広間に着座した六人は、周防守の「始められよ」という声と共に、対局を開始した。

安節は瞑目したまま半時（一時間）も打たなかった。心のうちに気が高まるのを待っていたのだ。大勝負を前にして、一切の雑念を払い、盤上だけに集中するためだった。

安節の着手を待つ丈和もまた瞑目したまま、微動だにしなかった。

やがて安節は目を開くと、右上の小目に打った。丈和はじっと盤面を見据えると、左上の小目に打った。安節はここで長考した。

碁は二手目や三手目で最善手を見極めることは不可能である。ただ、その一手から碁は大きく変化する可能性を秘めている。それは誰も読むことはできない変化である。

安節は右下の高目に打った。その手を見て、今度は丈和が長考した。

普通の着手なら、唯一空いている左下隅あたりである。安節は、丈和なら空き隅を放置してかかってくるかもしれないと思った。かかるとすれば、右上か――。

はたして丈和は右上にカカリを打ってきた。安節は、やはりそうきたかと思いながら、様々な手を読んだ。急戦を仕掛けるか、それともじっくりと打つか。

安節はコスミで受けた。まだ戦うには早い。

丈和はまたしても空き隅を放置し、今度は右下に内側からカカリを打ってきた。安節がツケると、丈和は手を抜いて右辺に割り打った。安節は残っていた空き隅の左下を打った。丈和はすかさずかかってきた。わずか数手だが、安節の頭の中の碁盤には何百という図が並べられ、崩されていた。

序盤はまったく戦いが起こらないまま静かに進行した。丈和が足早に打ち進めているのは安節にもわかった。後手番の白は普通に打っていたのでは地合いが足りない。そこで少々の石が薄くなるのを承知で、地を稼いで打つつもりなのだ。安節は白の唯一の薄い石である右上を睨んでいた。

布石が終わろうとした二十七手目、ついに戦いが起こった。そのあたりは黒の勢力圏だった。安節は厳しく白に迫った。丈和もまた逃げるのでは一方的に攻められるだけと見て、鋭い逆襲の手を放った。それは安節の望むところであった。

互いの石が切り結び、右上隅で始まった戦いは、中央へと大きく拡大し、全面戦争の様相を呈してきた。難解な戦いではあるが、安節は攻めの手ごたえを感じていた。白は右上と中央の二つの石をしのがねばならない。

五十三手目のアテコミを打った時、安節は自分の指がしなる思いがした。これで白には打つ手がないはずだ。守る手はあるが、形が大きく崩れる——。安節は優勢を意識した。

ここで一日目は打ち掛けとなった。

丈和は表情一つ変えずに盤上の石を碁笥(ごけ)にしまった。安節はその様子を見て、おやっと思った。丈和は動揺を押し殺しているのか、それとももはやこの碁は負けと見たか。もちろん、いかに優勢でも碁は終局するまではどうなるかわからない。これまで幾度となく見損じで好局を失ってきたが、この碁だけは絶対にそんな見損じはしないぞと心に誓った。明日、丈和を粉砕してみせる——。

二日目、辰(たつ)の刻（午前八時頃）に着座した丈和と安節は、黙って昨日までの手順を並べた。

昨日の最終手、黒五十三手目を打ったところまで局面が再現されると、互いに一礼した。ここからが打ち継ぎの碁となる。

丈和は無造作に白石を摘まむと、中央にボウシを打った。

何だその手は、と安節は思った。完全に急所から外れているではないか。血迷ったか、それとも打つ手に困って破れかぶれにきたものか。となれば、綺麗に仕留めるまでだ。

そう思ってヨミを入れた瞬間、安節の顔から血の気が引いた——黒に応手がないのだ。

そんな馬鹿な、と心の中で呟いた。そこには手なんかなかったはずだ。必ず白を咎(とが)める手が見つかるはずだ。

しかしどれだけ読んでも黒によくなる図は浮かばなかった。安節は愕然(がくぜん)とした。白の手は凄まじい妙手だったのである。

かつて世界最強を誇った小林光一名誉三冠は、この五十四手目を「大妙手」と断言する。さらに「こんな手を、気が付けというのは無理だ」とも言っている。福井正明九段は、そこに至るまでの白の一連の着手が「神業(かみわざ)」とまで言っている。

五十四の妙手で、白が押し返し、盤面は一気に形勢不明となった。

安節は気持ちを静めて局面を眺めた。形勢は細かいが、白の大石はまだ生きていない。勝機は十分にある。

安節は黒の体勢を立て直しつつ、再び白の大石に狙いを定めた。そこにまたもや丈和の妙手が飛び出した。見事な「技あり」とも称すべき手で、白は自らの形を整えることに成功した。

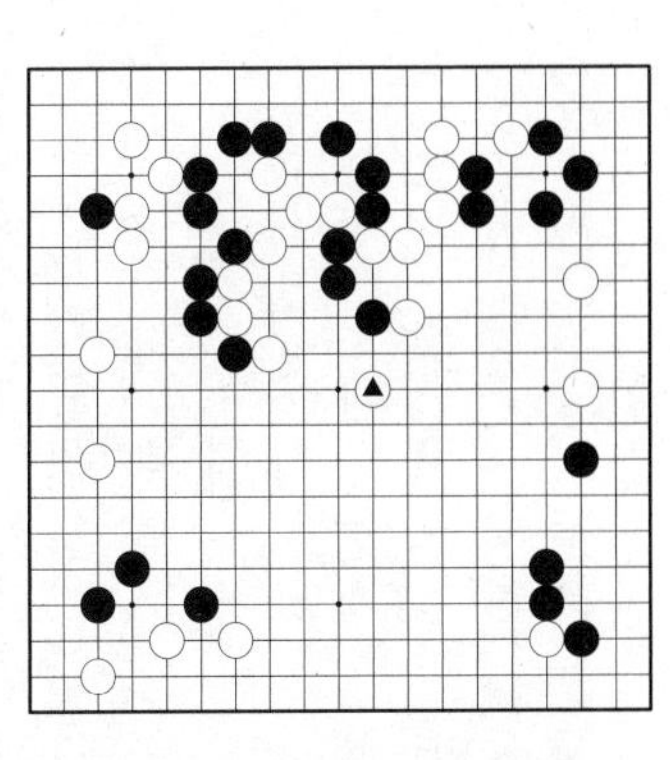

文政4年（1821年）11月　御城碁
本因坊丈和
先々先　先番　井上安節
54手▲まで。▲は「大妙手」と言われている

盤面は白がよくなったとまでは言えないが、白を攻めている黒の石も目がなくなった。

ここで安節は迷った。ひとまず自分の石の生きを確保して打つか、それとも肉を切らせて骨を断つ覚悟で白を攻めるか——。

二時（四時間）以上も考えた末に、安節が選んだのは後者だった。

ここからの安節の攻めは凄まじいの一言に尽きる。繰り出すすべての手は難解を極めた。それを受けて立つ丈和の手も同様だ。

熾烈な戦いの途中で二日目も打ち掛けとなった。

その夜、安節は部屋に戻っても一睡もしなかった。目を閉じて腕組みをして、その後の戦いをひたすら読んだ。

三日目、辰の刻（午前八時頃）、打ち継ぎの碁が始まった。

盤上では再び火を吹くような戦いが再開された。そしてついに安節は丈和の大石を劫にすることに成功した。黒の大石にも生きはないが、この劫に勝てば丈和を潰せる——。

丈和は顔色も変えずに劫を争った。生きるだけの劫ならいくらでもあったからだ。安節は必死で劫立てを打つが、十数手後、ついに劫立てがなくなり、丈和の大石の生きが確定的となった。その石が生きたとなれば、今度は黒の大石の命が危うくなる。

攻守ところを変え、逆に黒が自分が生きるための劫を争わねばならなくなった。この時点で、実質この碁は終わっていた。だが、安節は投げなかった。一縷の望みを懸けて懸命に劫を頑張った。

丈和の攻めは苛烈だった。黒は最終的には生きることはできたが、劫で苛め抜かれ、各所にあった黒の地はぼろぼろにされた。だが、投げ場を失った安節は最後まで打った。結果、整地して白番十二目勝ちという大差の碁になった。

安節は全身から血の気が引くような思いがした。丈和にここまで完膚なきまでに打ちのめされたことは一度もない。勝機は一度もなかった。まさしく完敗だった。捉えたと思っていた丈和の背中が、今、目の前ですーっと遠ざかっていくような錯覚を覚えた。

この碁は囲碁史に残る激闘譜であるが、後世多くの棋士は口を揃えて「この頃の丈和の技は驚嘆すべきレベルに達している」と認めている。

ちなみに文政四年（一八二一年）の御城碁の他の二局の結果は、服部因淑と井上因砂（先番）の碁は帯、安井仙知と林元美（先）の碁は元美の四目勝ちだった。これは元美の名局と伝えられる。元美は元丈・仙知（知得）の陰に隠れて地味な存在ではあるが（年齢は元丈の三歳下）、当時の碁界の重鎮の一人だった。ただ八段を狙える器ではなかった。

次代の碁界を制するのは、安節を二度までも圧倒した丈和であろうというのが江戸の碁好きたちの見立だった。

その声は安節の耳にも届いていた。悔しくてならなかったが、今は耐えるしかない。二つの敗局は信じられないものだった。先番では負けるはずがないと思っていた碁を落としたのだ。いったい何事が起こったのだ。それとも丈和は入神の技を身に付けたか――。

安節は丈和に負けた二局の碁をひたすら並べ、丈和の一手一手を調べ抜いた。すると、どの一手にもその裏には恐ろしいまでのヨミが入っているのがわかった。とくに御城碁で見せた五十四手目は信じられない妙手だった。いかにすれば、このような手に思い至るものか想像もつかなかった。これはまさに神授の一手と言うべきか――。

しかし、と安節は思った。その妙手を引き出したのは己である。黒が悪手を打ったからこそ、白に妙手が生まれたのだ。

この時、安節が考えたことは間違いではない。極論すれば、碁の妙手というものは、すべて相手の悪手によって生じると言える。ただ、その手が悪手になるかどうかは、その応手によって決まる。逆に言えば、妙手が生まれて初めて、その手が悪手であると判明する。安節はそこに思い至らなかった。

二十世紀になってからも、これまで何百年も打たれていた定石が消えたケースがいくつもある。手順途中に妙手が発見され、それまで正しいとされていたその直前の手が悪手とわかって打たれなくなったのだ。その妙手を見出した打ち手は単に悪手を咎めただけではない。長い間誰も見つけられなかった手の弱点を発見したとも言える。

刻々と変化する生きもののような盤面で、丈和は一瞬の隙を逃さず、それを発見する異能の棋士であった。現代の多くのトップ棋士が「丈和は恐ろしい」という理由はそこにある。

ただ、安節が、悪手を打たなければ妙手もまた生まれないと思い至ったことも、碁の真理の一つである。安節は晩年の著書である『囲碁妙伝』で、当時を振り返って、自らの悪手を何手もあげつらった後にこう書いている。

「右の通り大悪手(だいあくしゅ)数え難し、実に余の芸、この頃は四段くらい」

当時の安節は七段の力は優にあった。それがなぜ四段と自嘲気味に書いたのか、その理由についてはいずれ詳しく述べる。

三年ぶりの対局となった丈和に二度も完敗した安節は、このままでは引き下がれないと思った。同時に、次こそは丈和の力を封じ込めて見せると誓った。

御城碁のわずか十三日後の十二月一日、旗本の平井善作宅の碁会で丈和と打つことになった。なんと三ヶ月連続の対局である。ところがこの碁は、奇妙な経過を辿ることになる。

文政四年（一八二一年）十二月一日の丈和と安節の碁は、安節の先番で打たれている。二人の手合割は安節の先々先（一段差）であり、これは安節が黒番、黒番、白番と打つ手合である。つまりその日の碁は本来なら安節の白番であるが、黒番で打たれたのには理由がある。

この碁は年をまたいで打ち継ごうという約定で打たれたからだ。というのは、翌年の初めにも安節と丈和の碁が決まっていて、そちらの方が先に打ち終えるだろうから、この十二月の碁を四局目ということにしようということになったのだ。複雑な事情ではあるが、当時としては珍しいことではなかった。

安節は必勝を期して丈和に向かった。三連敗などは断じて許されることではない。

安節は一手目を右上隅の目外しに打った。目外しは地に甘い。その代わりに戦いになった時には力を発揮する。すると丈和も左上隅に目外しを打った。戦いを辞さずという意思表示にも見えた。

　安節は三手目を右下隅の小目に打った。四手目、丈和は空き隅を放置して、右下隅にカカリを打った。安節ははさんだ。丈和は手を抜いて、今度は右上隅にかかった。安節はじっくりと受けた。

　十二手目、丈和が残った左下の空き隅を打ったが、なんとそれは星だった。

　当時、白番の星打ちは非常に珍しく、家元の碁士が打つことはまずなく、古棋譜にもほとんど現れない。現代では普通の着手だが、江戸時代は白の手としては、やや甘いと見られていたためだ。

　安節はかっときた。試されたかと思ったのだ。

　ただ、丈和にはそんな意識はなかった。もし試すなら逆の意味だった。若い頃から、星は有力な着手ではないかと思っていたが、坊門では星打ちは禁じ手のような扱いであったので、長らくそれを封じていた。しかし跡目となれば、誰憚ることはない。密かに研究していた星打ちを、強豪の安節相手に試みてみようと考えたのだ。もし安節相手に星で存分に戦えるならば、碁の世界はさらに大きく広がるはずだ――。

　安節も打たれた瞬間はやや頭に血が上ったが、心を落ち着けて冷静に盤面を見ると、その局面における星の一手は決して自分を軽んじた手とは思われなかった。むしろ攻めにも守りにも応用できる臨機応変の着手に見えた。

実は星の利点はそこにあった。星には小目のような地の辛さはない。また高目や目外しのような勢力の強さもない。その一方で、地にも勢力（厚み）にも偏らない自在さを持っている。そして同時にある種の軽快さを持っている。したがってスピード溢れる現代碁には星打ちは欠かせない。

丈和は江戸時代に星打ちを本格的に試みた最初の碁士と言える。おそらく彼は星の持つ不思議な利点を感じていたのであろう。星打ちはその後、丈和の二代後の本因坊秀和が何度も試みている。また安節自身も数局試みている。幕末から明治にかけて星の研究が進み、碁は新たな進化を遂げることになる。二十世紀後半は、星打ちの全盛時代と言えるほどに、多くの棋士たちがこぞって星を打ったが、二十一世紀に入ると、また小目が注目されている。こういう歴史を見ると、碁の進化とは何だろうかという思いにさせられる。かつてあった星打ちを廃止したことで進化し、またそれを復活したことで新たな進化を見せる——まさしく弁証法的発展と言えなくもない。

安節はひとまず星へのカカリを保留し、右下隅の白を攻めた。白は軽快に中央に逃げた。

それから安節は左下の星にかかった。丈和は手を抜いて、左上隅のシマリを打った。安節が左下の星に両ガカリしたところから、戦いが始まった。

互いの石が競り合い、両者、一歩も引かぬ激戦となった。

四十五手目、安節は左辺にオキを打った。その瞬間、丈和の顔色が変わった。

それはまさしく急所の一撃だった。受けるのは利かされである。かといって手は抜けない。

丈和が催主の平井善作に言った。

「この碁はここで打ち掛けにしたい」

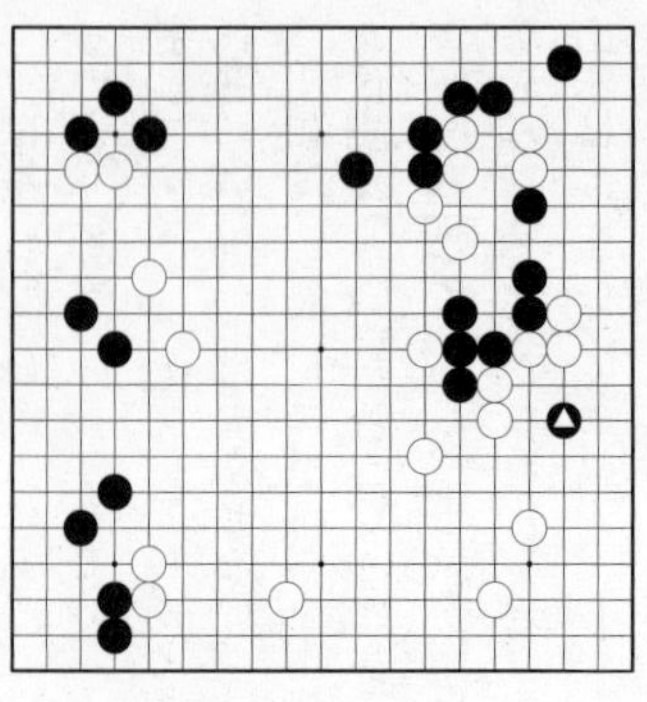

文政4年（1821年）12月1日
本因坊丈和
先番　井上安節
45手△まで。△の手は「脇の下の妙手」と呼ばれる

安節は、えっと思った。まだ陽は十分にあり、暮六つ（午後六時頃）までしばらくあったからだ。打ち掛けは約定通りであったが、早すぎるのではないか。

安節は思わず言った。

「暮六つまでもう少し打てるのではございませぬか」

「いや、次の手は容易には打てぬ。おそらく一時（二時間）、いやあるいは一時半――」

丈和の言葉に、催主の平井善作は「そういうことなら、ここで打ち掛けもやむを得ない」と言った。

催主に言われれば、安節も頷くしかない。

「ところで、この碁の打ち継ぎはいつか」

安節は丈和に訊ねた。

「それは拙者の一存では言えぬこと。催主の都合もあろう」

丈和は澄ました顔で答えた。

「近いうちに、ご両者にはこの碁の打ち継ぎをしていただくことになると存じます」

平井の言葉に、安節も丈和も黙って頭を下げた。

安節は形勢に自信を持っていた。オキの一手は会心の手でもあった。その手によって優勢が決まるというものではないが、白にとっては後々までも悩みの種となる手であった。ここで丈和が打ち掛けたのも十分に理解できた。いや、むしろ内心で、さすがは丈和と思ったほどだ。次に打ち継げば、必ずや一矢報いて見せる——。

ところがその碁を打ち掛けにしたまま、年が明けた文政五年（一八二二年）閏一月三日、井上因砂宅で安節は丈和と対局することになった。これは前から決まっていた対局だった。

順番で言えば、この対局が通算しての三局目の扱いとなり、したがって手合は先々先の逆番、つまり丈和の先番となった。

安節は燃えた。ひとまず打ち掛けの四局目の碁は置いておいて、この碁に懸けようと思った。

先番無敵を謳われる丈和の黒を破れば、先の連敗の屈辱を跳ね返すことができる。

それほど丈和の先番の評価は高かった。記録では、丈和は先番では元丈にも仙知（知得）にも一度も負けていない。智策の死後、実質的に本因坊家の跡目と目されるようになって以降、黒番で負けたのは文化十一年（一八一四年）の立徹（安節）との碁だけである。もっともその安節もその後は丈和の先番にはすべて敗れている。それだけに安節はこの碁は何としても勝ちたかった。そして、その執念がものすごい碁を生みだすことになる。

この碁は序盤から互いの気合いのためか奇妙な布石となる。八手目の時点で、四つの隅がすべて黒白の二手ずつ打たれた形となった。

その後、右上で戦いの火の手が上がった。そこから凄まじい激戦が繰り広げられた。目の二人ともすべての着手が、ただ相手の石を攻めるという目的のための手だった。目のない大石同士の攻め合いだが、途中、ふるえて自らの生きを図るという妥協の手は一切ない。まさに両者、「肉を切らせて骨を断つ」というぎりぎりの勝負は、現代のトップ棋士をしても、「怖くて打てない」と言わしめるほどである。

またこの碁における安節の厳しさは他の碁以上である。井上家の跡目となって、丈和に連敗した後の碁だけに、白番で叩き潰したいという執念に燃えていたのだろう。

しかし丈和の黒番は鉄壁であった。戦いの中でじわりじわりと差を広げて行った。そして中盤で黒が勝勢を築いたところで打ち掛けとなった。

ところが、十二日に打ち継がれてからの安節の踏ん張りが凄かった。各所で暴れまくり、ついに地合いで追いついた。

観戦していた一同は安節の力に感嘆した。

唯一人丈和だけは顔色ひとつ変えなかった。安節の手は明らかに無理手であると見ていたからだ。いかに地を稼いでも、無理手である限り、どこかに傷ができる。丈和は安節の中央の大石を睨んでいた。

丈和は中央を厚く打ち、安節の大石の生きを催促した。安節も丈和の狙いはわかっている。しかし中央の石の生きを優先すれば、地合いで足りなくなる。ならば、右辺で居直り、中央はシノギにかける――それが安節の覚悟だった。

安節は右辺でも生き、ついに地合いで逆転した。あとは中央の石を生きれば勝ちだ――。

丈和はじっと腕組みをして盤面を睨んでいた。やがて碁笥の黒石をつまむと、右上隅にハネを打ち、そこから中央へと延びる白の大石の目を奪った。

来たな、と安節は思った。もう組板の上の鯉だ。最後の戦いを華々しくやってのけるだけだ。

ところがここから丈和の攻めは辛辣を極める。一気に殺しに行くのではなく、真綿で首を絞めるように白の大石を攻め上げ、白に生きを強いた。白は生きるために、なんと一線に連続して八つも石を置かされることとなったのだ。その姿はさながら瀕死の大蛇がのたうって逃げ回った様に見えた。

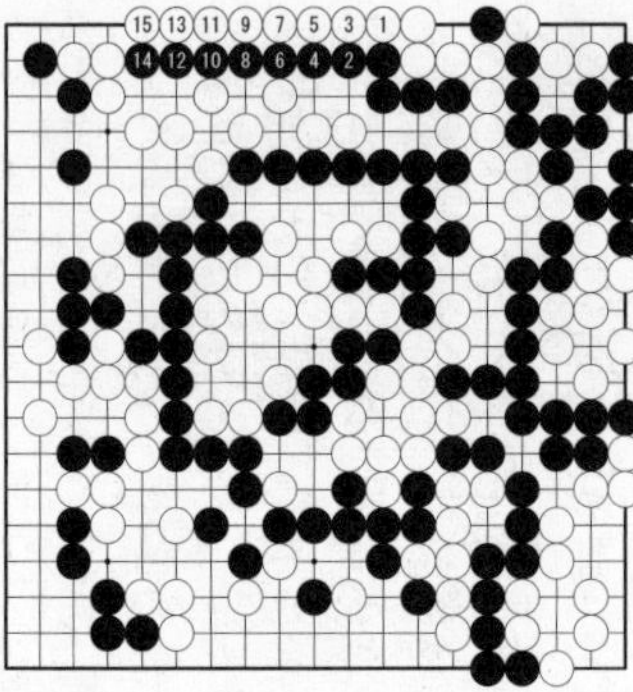

この結果、中央の白の大石は左辺に繋がって生きることはできたが、上辺の白地は木っ端微塵になり、なおかつほぼ手中におさめていたはずの左上隅の黒に先手で生きられることとなった。

この時点で地合いは逆転して、

文政5年（1822年）閏1月3日打ち掛け　12日打ち継ぎ
　先　番　本因坊丈和
　先々先　井上安節
228手まで。白214手を①、黒215手を❷として、以下⑮の白228手まで。白は大石を逃げるため、一線を8本這ったはっきりと黒がよくなったが、安節はあまりの悔しさのゆえ投げることができなかった。一か八かの最後の勝負を下辺で挑んだ。丈和は安節の勝負手を冷静に受け止め、下辺の白を全滅させた。

安節は投げた。

ところでこの碁は、一線を八本も這うという高段者の碁では滅多に見られない形で、古来有名な碁である。

ちなみに一線とは碁盤の一番端の線を言う。その上の線は二線である。碁盤の一線と二線は地を取る効率が極めて低い。そのため「二線は敗線」、「一線は死線」という言葉があるほどだ。その一線を、生きるために八本も這ったのである。したがって碁士としてこれほど屈辱的な碁はない。おそらく安節にしてみれば、丈和と打った七十局近い碁の中でも最も恥ずかしい一局であったろう。

これで安節は前年から通算して丈和に三連敗となり、ついにカド番に追い込まれた。次に負ければ定先に打ち込まれる。

江戸の碁好きたちは、丈和が安節を打ち込むであろうと見た。力は七段を超えると言われていた安節を定先（二段差）に打ち込むということは、もはや名人の域である。もはや安節は丈和の敵ではない——。

だが、そう思っていない男が一人いた。他ならぬ丈和であった。

彼は前年の二局の勝ちも、一線を這わせて粉砕した碁も、すべて紙一重の勝負であったと見ていた。一歩間違えば、逆に自分が三連敗してカド番に追い込まれていた可能性もある。三局打ってあらためて思ったのは、安節は強い、ということだった。やはりこの男こそ、名人碁所の最大の障壁だ。

これ以上打つのは危険である。できれば避けたい相手であった。ただ、前年から打ち掛けにしていた碁がある。あの碁の四十五手目は予想していなかった手だった。肺腑(はいふ)を抉(えぐ)るような鬼手ではないが、様々な味を含んでいる。おそらく観戦者たちの誰もが気付いてはいまいが、玄妙(げんみょう)な手と言えた。打ち継げば苦戦は免(まぬが)れぬであろう。叶うなら、打ち継がずにうやむやにしてしまいたかった。

しかし打たねばならぬとあれば打つしかない。勝って安節を定先に打ち込み、十年の長きにわたって続いた宿敵との戦いにけりをつける――。

四

丈和と安節の碁の打ち継ぎの日取りがなかなか決まらないうちに、本因坊家では大きな行事を迎えた。

文政五年（一八二二年）は本因坊家初代の算砂が亡くなって二百回忌の年にあたり、春に京都洛東の寂光寺で追善法会が行なわれることになっていたのだ。

この物語の初めに書いたが、戦国時代の終わりに生まれた本因坊算砂は当時最強の碁打ちで、織田信長、豊臣秀吉、徳川家康の三人の囲碁指南役を勤めた。「名人」という称号は、織田信長が算砂に与えたことから一般名詞となった。算砂はもとの名を「日海」といい、寂光寺の僧の一人であった。同寺の塔頭（僧が暮らす離れ）のひとつである「本因坊」に起居していたことから、「本因坊算砂」と呼ばれるようになる。江戸幕府を開いた家康は、算砂を「名人碁所」に任命し、終身三百石という厚遇を与えた。同時に碁の家元を名乗らせ、以後、本因坊家は碁方の名門となった。

その追善法会には本来ならば本因坊家の現当主である元丈が出向かねばならなかったが、元丈は前年に風邪をひいた後の体調が戻らず、跡目の丈和を名代として向かわせることに決めたのだった。そのため丈和は京への出立の準備に追われ、安節との碁の打ち継ぎは後回しにされた。

閏一月、丈和が安節を破った数日後、安井仙知が本因坊家に算砂法印二百回忌法要の香典の金品を持参して訪れた。

元丈は恭しく礼を述べた後、仙知を自室に招いた。

「せっかく来たのだ。久しぶりに酒でもどうだ」

「昼間からか」

「たまにはいいだろう」

元丈はそう言って、弟子に剣菱(けんびし)を持ってこさせた。元丈が愛飲している酒である。

二人は酒を酌(く)み交(か)わした。

「体の具合はどうか」

仙知は訊ねた。

「風邪はもういいが、体調は戻らぬ」元丈は笑いながら言った。「年かな」

「まだ老けこむ年ではないだろう」

「いや、もう四十八だ。来年は四十九だ」

「人生五十年の喩(たと)えか」

「早いものだ」

元丈の言葉に仙知は黙って頷いた。

二人は縁側に腰かけて、酒を飲みながら中庭を眺めた。

「あの梅も随分大きくなったな」

仙知は中庭に咲く梅を見て言った。

「あれは俺が跡目になった年に植えたものだ。丈(たけ)は一尺にも満たないものだったが、もう俺の背をはるかに超えた」

「梅も大きくなったが、元丈はもっと大きくなったぞ」

「いや、俺はもう老木だ」

「何を言う。まだまだこれからではないか」

「いや、そろそろ隠居も考えている」元丈は寂しそうに笑った。「家を託せる男もいる」

「丈和だな」

「知得から見て、どうだ」

元丈は二人でいる時は今も知得と呼んでいた。

仙知はしばらく考えていたが、やがてぼそりと言った。

「すでに半名人の業(わざ)は十分にある」

「だが、知得にはまだ少し及ばない」

仙知は答えなかった。

二人はしばらく黙って酒を飲んだ。

「それにしてもいい跡目がいて、元丈が羨(うらや)ましい」

元丈は仙知の言葉を聞いて、桜井知達を失った彼の悲しみを思った。

知達が生きていれば、二十代半ばである。おそらく今頃は安井家の跡目となり、丈和や安節と御城碁で覇(は)を競っていただろう。知達没後、安井家は優秀な弟子に恵まれず、今も跡目は不在だった。

「金之助はどうだ」

金之助とは、この年、十三歳の仙知の長男である。後に俊哲と名を変え、安井家の跡目になるが、それはまだだいぶ先の話である。

「この前、ようやく初段を許した」

「それは先が楽しみではないか」

「いや、この後、伸びるものかどうか。それよりも岩之助はどうだ」

岩之助は元丈の長男である丈策の幼名である。二十歳になっていたが、幼い頃から知っている仙知は今も幼名で呼んでいた。

「今年四段になった」

「その年で四段とは見事だ」

「いや、おそらく七段止まりであろう」

丈策は後に本因坊家を継ぐことになるが、父の予言通り、七段上手で終わる。

「丈和に岩之助と、楽しみな打ち手がいるお前が羨ましい。俺はまだしばらくは隠居はできぬ」

仙知はそう言って寂しそうに笑った。元丈は何も言わなかった。

「元丈」と仙知はふと思いついたように言った。「お前は昔、俺たちは後の世の碁打ちのための捨石になるのだと言ったことを覚えているか」

「うむ」

「俺たちは——立派な捨石になれたかな」

「なれたと思うぞ。丈和や安節の碁は、新しい碁だ」

「たしかに」

「彼らの次の世代の碁はさらに新しいものになるはずだ。そして——百年後の碁はもっと新しいものになっているだろう」

「その碁を見てみたいな」

二人は空を見上げた。

「百年後の碁打ちたちも、俺たちの碁を見るかな」

「見るだろう。俺たちは彼らに笑われぬような碁を打たねばならぬ」

元丈の言葉に仙知は大きく頷いた。

五

文政五年（一八二二年）閏一月の終わり、元丈は丈和を本因坊宅に呼んで対局した。

体力の衰えを感じ、隠居の時機を考えていた元丈は、丈和が坊門を託すに足る男であるかどうかをあらためて見てみようと考えたのだ。

丈和の先で打たれたこの碁は、およそ二年ぶりの師弟対局だった。ただし、この碁は手合割は関係のない碁として打たれた。

元丈はあらゆる手筋を使って戦ったが、丈和の先は鉄壁とも言えるものだった。終局は夕刻前で、作り終えて丈和の二目勝ちだった。目数の差は多くはなかったが、元丈には勝機はほとんどなかった。元丈は今さらながら丈和の強さを認めた。「当世の極妙碁」と言われた仙知との一局も僥倖に恵まれたものなどではなかった。

元丈は敢えてもう一局試みてみようと思った。おそらく弟子と打つことはこれが最後であろう。ならばあらゆる技を試してみたい。

軽い夕餉を摂った後、続けて二局目が打たれた。この碁では、元丈は自らの打ち方を捨て、地に走った。ところが丈和は慌てることなく、逆に厚く打ち、後半追い上げて元丈を抜き去った。作って丈和の五目勝ちだった。

翌日、元丈は再び丈和と打った。今度は序盤から急戦に持ち込んだ。激しい競り合いが続いたが、丈和は先番の効をがっちりと守って、三目勝ちをおさめた。さらに翌日も丈和と打ったが、これも丈和の先を崩すことはできなかった。

これで丈和の四連勝となった。手合割とは関係なく打った碁であったので、定先の手合は変わらなかったが、元丈はこの結果に納得がいかなかった。こうなればせめて一局は勝とうと思った。これは坊門当主としての意地だった。

　ところが翌日から打った六局すべてに敗れた。

　元丈は愕然とした。丈和の先番の強さは知っているつもりだったが、まさか十局打って一番も入らないとは思ってもいないことであった。もはや丈和は己よりも上かもしれぬ――。

「丈和よ」

　十局打った後、元丈は言った。

「もう一番だけ打とう」

「かしこまりました」

　硬い表情で答える丈和に、元丈はいたずらっぽい笑顔を見せた。

「ただし、次の一番はわしが黒を持つ」

　丈和は驚いた顔をした。なぜなら、元丈が黒を持つ相手は安井仙知（知得）しかいなかったからだ。

「もちろん、誰にも内密の一局だ」

　丈和は深く頭を下げた。

　こうして文政五年二月某日、本因坊家の元丈の自室で異例の一局が打たれた。

　元丈は黒を持ち、一手目を右上の小目に打った。

丈和は意外な成り行きに戸惑ってはいたが、打つ限りは力の限り戦おうと思った。師匠の元丈相手に白で勝つことができれば、もはや名人の力ありと証明されたようなものだ。

この碁は序盤から凄まじいねじり合いに終始した。ところが、いかに丈和が剛腕を繰り出しても、元丈の巌のような壁にはほとんど通用しなかった。中盤にさしかかった頃には、すでに大勢は決していた。丈和は死に物狂いで最後の戦いを挑んだが、黒に完璧に受け止められ、そこで投了した。

丈和はあらためて師の強さを知った。白番では勝負にならない。これが師匠の本当の凄さか——。ただ、できるなら、もう一番打ってみたいと思った。一局目はわけのわからないままに終わってしまった。二局目ならば、こんな無様な戦いはしない。

その気持ちが伝わったのか、元丈がにっこり笑って、「もう一番行くか」と言った。丈和は「お願いいたします」と頭を下げた。

再び、元丈の黒番の碁が打たれた。

しかしこの碁も、師の巌のような強さの前に、丈和の剛腕は通じなかった。序盤から激しい戦いが演じられたが、元丈は終始先番の利を守り切った。終盤、足りないと見た丈和は投了した。

この十二局の師弟対局の碁譜はない。二人が門下生にも内緒で打った碁であるから、碁譜にも記録にも残さなかったからだ。ただ信州松代藩士の関山仙太夫が、本因坊門下の外山算節から聞いた話として、以下のように記した文章が残されている。

「文政五年の上京の前、元丈は丈和の先を十局囲みて皆負けたり。元丈竊かに自ら先の碁を囲み二局共に打勝ちたりと外山算節の話也」

現代の多くの棋士が、この頃の丈和は名人の力があったと評価している。その丈和をもってして師の先番の壁を崩すことができなかったということは、元丈の力もまた名人級であったことがわかる。後世の我々がこの十二局の棋譜を目にすることができないのは残念というほかはない。

師との十二番の碁を打ち終えた丈和は、二月の半ば、追善法会のために二人の門弟を連れて江戸から京へと上った。

この旅には井上家当主の因砂と服部因淑も同行した。この年、六十二歳の因淑は江戸碁界の大長老であり、丈和の後見役として算砂法印二百回忌に出席することになっていた。

京都で一行を出迎えたのは前述の外山算節である。年齢は四十六歳、若い頃、本因坊烈元に弟子入りし、後に元丈門下となる。元丈とは少年時代に何局も打っている（算節の先々先）。段位は五段、今回の法要の一切を取りしきっている人物であった。京都や大坂では門下も多く、上方碁界の重鎮だった。

丈和は算節に挨拶した。

「このたび、本因坊家名代として参上つかまつりました。跡目の丈和です。よろしくお願い申し上げます」

「丈和が坊門の跡目になるとはな」と算節は冷めた口調で言った。「まさに思いもよらないことである」

算節と丈和は初対面ではない。かつて丈和が松之助と名乗っていた時分、算節は兄弟子だった。その頃の松之助は筋悪の田舎碁と馬鹿にされ、ある年、兄弟子に狼藉を働き、坊門を破門された。丈和が坊門に復帰した時は、算節は江戸を離れていた。したがって算節は丈和に対していい記憶がない。

「ひたすら精進して参りました結果でございます」

「いかに精進しようと、智策が生きておれば、跡目にはなれなかったであろう」

丈和はむっとした。しかし算節は兄弟子であり、今回は本因坊算砂の追善法会を取り仕切る人物である。丈和は口惜しい気持ちを堪えて一礼した。

三月五日、寂光寺において算砂の追善法会が滞りなく行なわれた。

その日の午後、同寺の奥院で、法要に参加した碁打ちたちによる四局の追善碁が打たれた。この時、丈和の対局相手となったのは外山算節であった。

本来、こうした儀式で打たれる碁は記念碁であり、勝敗を決めることはない。つまり打ち掛けにして終わるのが通例であった。まして今回の場合は寄進碁である。事実、この日の対局のほとんどが打ち掛けており、碁譜も残っていない。

ところが唯一の例外がある。算節と丈和の碁であった。そして、それは異様な結末を迎えることになる。

京都・寂光寺の奥院で打たれた四局の追善碁は、暮六つ（午後六時頃）をもって打ち掛けとなったが、この時、丈和が驚くべきことを言ったのだ。

「この碁、算節殿さえよければ、打ち継ぎたいと思うが、如何であろうか」

算節の顔色が変わった。

打ち継がないとは事前に決められてはいなかったが、法要の後に打つ寄進碁ではそれが慣習である。だが満座の前で、弟弟子から「打ち継ぎたい」と言われれば、兄弟子として断るわけにはいかない。勝負を避けたと皆に見られては沽券にかかわる。

ただ算節には、もしかすると丈和は打ち切りたいと言い出すかもしれぬ予感めいたものはあった。というのも算節の先々先の先番で打たれたこの碁で、丈和は序盤から戦いを挑んできたからだ。普通、寄進碁で初めから戦いを起こすような碁は打たない。算節の厭味な言葉の恨みを、丈和がこの碁で晴らしてやろうと思っているのは明らかだった。

算節もまた丈和の敵意を受けて立ち、その碁は追善碁とは思えぬ激しい碁となった。算節は地に走り、丈和は大模様を張ったが、いずれ大乱戦が起きるのは目に見えていた。盤面は四十九手まで進んでいたが、ここまでの形勢はまったく互角であった。

「では後日、場所を変えて打ち継ごうではないか」

算節の言葉に、丈和は頷いた。

四日後の三月九日、禁裏の御医師である林法眼宅にて打ち継ぎの碁が再開された。盤側では服部因淑、井上因砂ら法要に参列した碁士たちが見守った。

白の丈和は五十手目、左下の模様を築く手を打った。黒の算節は下辺から大きなオシの手を打った。ここで丈和が長考した。黒のオシの手にハネを打って中央を大きく囲っても、右下を地にされれば足りない。

丈和は右下に敢然と打ち込んだ。これに対して算節もまた長考した。受けないで、中央に飛び出しても碁は悪くない。しかし白の模様を怖れたと思われては癪に障る。

算節はツケヒキを打って隅の地を確保して先手を取り、盤中最大の右上隅の大きなハネを打った。中央を囲えるものなら囲ってみよ、という気合いの手だった。

この六十三手目を打ったところで陽が落ち、二度目の打ち掛けとなった。なんと、この日はわずかに十四手しか進まなかった。いかに両者が時間をかけて打ったのかがわかる。

四日後の三月十三日、今度は場所を川端の湊屋という商家に移して打ち継がれた。もはや寄進碁などではない。完全な勝負碁である。この日は評判を聞きつけた多くの観戦者が集まった。

丈和は六十四手目から下辺を荒らす手を打った。一手一手が難解な戦いの中、丈和は先手を取って中央を大きく囲った。八十八手を打ったところで、打ち掛けとなったが、これは奇妙なことである。というのは打ち掛けは上手番から打ち継ぐというのが慣習となっていたからだ。つまりここで下手に手を渡したのは、丈和の自信の表れとも言えた。

五日後の三月十八日、三度目の打ち継ぎが行なわれたが、この日の対局場は伏見奉行の仙石大和守の屋敷だった。今や本因坊算砂の二百回忌法要の追善碁が京の町を騒がすほどの大勝負となっていた。

ただ、後見人の服部因淑や関係者らが心配していたのは、算節の体だった。三月五日から続く懸命の勝負に疲労の色が濃く、この日は明らかに顔色も悪かった。

「算節殿、大丈夫でござるか」

因淑が声をかけると、算節は強気な笑みを見せ、「斟酌には及びませぬ」と答えた。

碁盤の中央には大きな白模様が生まれていた。このまま地になれば、丈和の勝ちである。黒は普通にヨセては足りない。

算節は左上隅から大きなスベリを打った。丈和はやはりそう来たかとばかり、腕組みして考えた。

上から穏やかに受けても、白にわずかばかり残りそうな形勢とも思えた。しかし絶対とは言えぬ。それで足りないとなれば大きな悔いを残す。また受けるような気合いの碁ではない。

丈和はスベリの石を切り離す手を打った。もうただでは済まない。黒が白の大模様の中で生きるか死ぬかの勝負となった。一手一手が超難解な攻め合いになった。

数手進んだ後、丈和の顔に苦渋の色が浮かんだ。この黒は取れぬとわかったからだ。打ち過ぎであったか――。

丈和は黒への攻めをいったん保留して、左上隅を取り切ったが、形勢は混沌となった。

このあとは恐ろしく難解なヨセである。

両者は互いに眉間に皺を寄せながら、必死で読んだ。一手ごとに形勢が入れ替わるほどの複雑な碁形である。毛一筋程の失敗も許されぬ。昔から「ヨセの力は碁の力」と言われる。ヨセにこそ真の実力が現れるという意味の言葉である。

夕刻近くから算節の息が荒くなってきた。顔色もほとんど土気色である。傍目からでも疲労困憊なのは見て取れた。さきほどから算節の碁石を持つ手が震えているのを観戦者たちは見ている。

今や算節は上体を支えているのがやっとの状態だった。百十九手目のオサエを打ったところで、ついに算節の体は崩れ落ちた。

　このときの状況を『坐隠談叢』はこう記している。

「百十九手を下すにあたり、遽に眩暈卒倒して、人事不省となれり。傍らに在りし服部因淑、蹶起算節を扶け起こし、耳に口して此碁算節の模様大に良しと叫ぶや、算節声に応じてたちまち意気を恢復し、再び局に対せしも、気騰り手戦きて、また平日の如くなる能はず」

　服部因淑に助け起こされて意識を取り戻したものの、算節がもはや対局を続けることが不可能なのは、誰の目にも明らかであった。

「算節殿、この碁はここで打ち掛けにされてはどうか」

　因淑は算節の体を後ろから支えながら言った。

　すると算節は首を後ろに向けて、絞り出すような声で言った。

　以下は『坐隠談叢』にある算節の言葉である。

「予この碁を終局まで継続せんには、決して死を免れざる可し。願はくは打掛けに止めんと欲す。しかれども今やこの局面にして、予の模様悪しとせんか、世人あるいは算節敗けを恐れて逃げしといはん。ゆゑに予は現勢予に敗兆ありとせば、断然死を決して打継ぐべし。君の見る所果して如何」

　実に凄まじい気迫である。もはや上体を起こす体力さえ残っていないにもかかわらず、算節は負け碁を逃げたと言われるのは耐えられないというのだ。形勢が悪いとなれば死んでも打つ、と。

因淑は盤面を睨み、形勢判断を行なった。若かりし頃は「鬼因徹」と呼ばれた強豪である。その彼が見るに、まさに形勢は不明としか言いようがなかった。『坐隠談叢』には因淑の次の言葉が記されている。

「いま局面を仔細に吟味するに、勝敗未だいずれとも判じがたし。よろしく打掛けに止むべし」

因淑は打ち掛けを丈和に提案した。七段上手で碁界の長老の服部因淑に言われては、丈和も断るわけにはいかなかった。

ここでこの碁は打ち掛けとなり、以後、打ち継がれることはなかった。

江戸時代、打ち掛けのままに終わった碁は数多くあるが、丈和と算節の碁は最も有名な碁である。両者の気合いが迸った碁であるのに加えて、百十九手までまったく形勢不明であり、その後、現代に至るも多くの碁打ちが研究してもなお、どちらがいいのかはわからないからだ。

ちなみに、後に算節自身は「黒が三目勝ちである」と言い、丈和もまた「帀か黒が一目勝つであろう」と言ったとあるが、はたして事実かどうかはわからない。明治の巨匠、

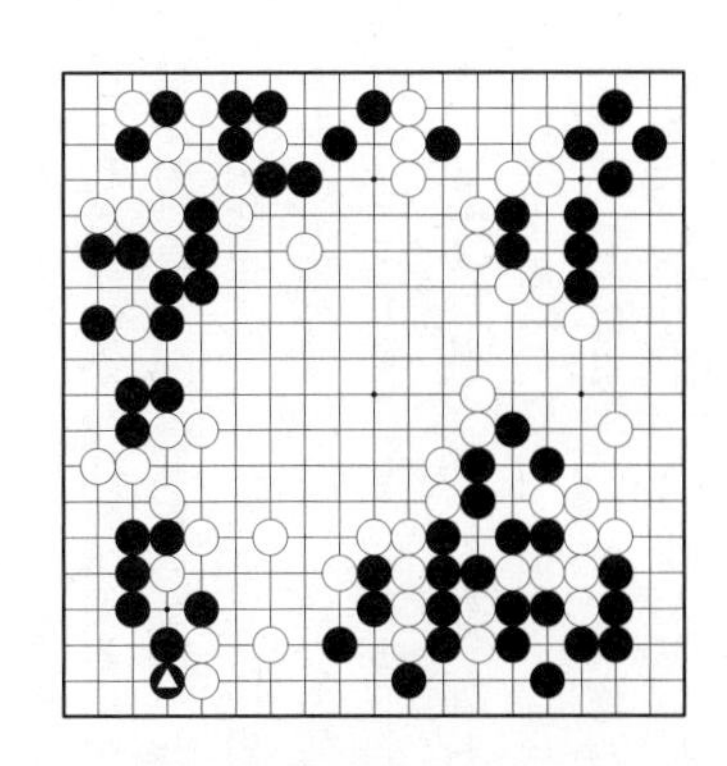

文政5年（1822年）3月18日
本因坊丈和
先々先　先番　外山算節
119手▲まで。算節が▲と打ったところで昏倒したと言われる。碁はここで打ち掛けとなる

本因坊秀甫は、この局面でどちらが勝ちかを云々するのは無意味であると言っている。

ただ当時の碁打ちたちは、安井仙知（知得）ならば、この局面で白を持っても黒を持っても勝っただろうと言ったという。いかに仙知の評価が高かったのかがわかる。

それにしても、当時の碁打ちの手合に懸ける執念というのは現代人の想像を絶する。彼らにとっては手合こそ、武士の真剣勝負と同じであったのだろう。その修行もさることながら、勝負の厳しさも並大抵のものではない。

それだけに当時の碁打ちには体力も必要だった。いかに才能に恵まれても体の弱い打ち手は、過酷な勝負の世界に生き残ることができなかった。坊門の麒麟児と呼ばれていた奥貫智策は二十代半ばに、また才は立徹（安節）にまさるとも劣らぬと言われていた桜井知達も十代終わりにして斃れ、跡目にもなれなかった。過去にも夭逝した碁打ちは少なくない。十三歳で六段格であった本因坊道的は師匠の道策を上回る天才と謳われながら二十二歳で亡くなった。

彼らに比べて丈和と安節は頑健だった。

驚くべきことに、丈和は算節との碁の合間にも二つの対局をこなしている。一局は地元の碁打ちとの向こう二子局だが（打ち掛け）、もう一局は井上因砂とである（これも打ち掛け）。因砂とは同じ六段同士であるから互先であり、この時は因砂が先番だったが、丈和は白番にもかかわらず四十手で早くも勝勢を築いている。江戸から京都までの長旅の直後に、立て続けに対局をこなしているのだから、その馬力には呆れるほかない。

丈和は京都から江戸へ帰る道中にも、地元強豪たちと何局も打っている。その中には信州の松代で関山仙太夫と打った二局がある。

天明四年（一七八四年）、信州松代藩の祐筆（書記のようなもの）の家に生まれた仙太夫（丈和の三歳上）は幼少の頃より、碁の才を見せ、十四歳のときに江戸に出て、本因坊烈元に入門、十八歳で初段を認められるほどの強豪となる。ところが藩中の同輩から、「碁才餘りあるも武道に疎し。是れ武士の本旨にあらず」とからかわれたことから、一切碁を断ち、剣術、槍術、弓術、馬術などに打ち込んで、すべて免許皆伝の腕前となった。さらに『論語』までも修めて文武両道を極めた後に、碁の修行を再開した。それ以降は家中の誰一人、仙太夫が碁に打ち込むのを揶揄する者はいなかったという。

藩では祐筆を務めたほどであるから、筆も立ち、晩年は竹林と号して囲碁に関する多くの著作をなした。『竹林修行用魂集』、『囲碁方位初心階』、『囲碁初心調練階』などは当時の碁界を知るための貴重な文献となっている。

丈和が仙太夫と打ったのは偶然ではないだろう。おそらく仙太夫が本因坊元丈に丈和の招聘（しょうへい）を依頼していたものと思われる。仙太夫はもとは十世本因坊烈元門下である。したがって丈和から言えば兄弟子筋に当たる。

丈和はまず三子局を打った。いかに強くとも素人相手にいきなり二子では打てないからだ。仙太夫は大いに不満であっただろうが、その気持ちを抑えて打ち、丈和に完勝した。丈和はその一局で手合違いを認め、二局目は二子で打った。仙太夫は二子でも丈和を中押しで破った。米蔵でさえも大いに苦しんだ丈和の二子局を打ち破った仙太夫は、優に五段の力はあったと言える。

六

丈和が江戸に戻ったのは七月の終わりである。

安節はただちに当主の井上因砂を介して、前年からの打ち掛け局の再開を要求した。しかし丈和はのらりくらりと返事を延ばしていた。

「丈和からの返事はまだないのですか」

　安節は因砂に訊ねた。

「法要の後始末だとか、来客の挨拶があるとか、なにやかや理由をつけて打ち継ごうとはせぬ」

「形勢が悪いものだから、打ち継ぎに応じないのではないですか」

「おそらくはそうであろう」

「狡猾な」安節は吐き捨てるように言った。「父上、もう一度、丈和に強く申し出てくだされ」

「むろんだ。服部因淑殿にも働きかけていただこう。因淑殿が動けば、丈和も無下にはできぬはず」

　後日、本因坊家に出向いた因砂は浮かぬ顔をして戻ってきた。

「丈和は、打ち掛け局はひとまず置き、新たな手合はどうかと言ってきておる」

「何と」

「お前にとっては業腹だろうが、このまま打ち掛け局にこだわっていては、いつまでも丈和と打てぬかもしれぬ」

「しかし父上、この前も打ち継ぐ前に一局打ったのです」

安節はそう言いながら、その碁を思い出して顔を歪めた。一線を八つも這って大石を逃げた、思い出したくもない碁だった。しかもその碁に敗れてカド番に追い詰められたのだ。

打ち掛け局は黒が優勢だった。打ち継げばカド番をしのげる可能性が高いが、新たに打って負けたりすれば、その時点で定先に打ち込まれることになる。安節にとってはあまりにも不利な対局である。

だが、父の言うように、打ち掛け局の再開にこだわれば、丈和とは打つこともできないかもしれない。大いに不本意ではあるが、ここは我慢して丈和の要求を呑もうと決めた。カド番であろうと、勝てばよいのだ。これに負けるようなら、どのみち名人などにはなれぬ――。

「わかりました。腹は立ちますが、新たな手合を持ちましょう。ただし、その碁を打てば、必ず前の打ち掛け局を打ち継ぐという約束をしてもらいたい。二局とも必ず勝って見せます」

「よし、わかった。その条件で必ず丈和を説き伏せる。因淑殿からも一言添えていただこう」

服部因淑の口利きがあっては丈和も無下にはできず、安節との対局に同意した。

対局日は翌月、八月十二日と決まった。ただ、その二日前に松平周防守の屋敷で大きな碁会が開かれ、そこに丈和も安節も出場した。

安節の対局相手は安井仙知だった。安節は先番（先二の先番）で仙知を圧倒し、百八十七手で中押しに破った。二年前には先番で一目負けを喫していたが、もはやその頃の安節ではなかった。

丈和の相手は、服部因淑の養子の雄節だった。雄節は元の名を黒川立卓という。もとは安井仙知門下であったが、因淑が安節を手放してから、服部家の跡取りとして迎え入れられた俊秀である。安節とは少年時代からの親友であった。この年、二十一歳で三段。この日の碁会では丈和に対して二子で三目勝ちをおさめている。

もっとも丈和にしてみれば二子局三子局は真剣勝負の手合ではない。負けても傷の付く碁ではないからだ。名人を目指すのに絶対に落とせないのは、安節との碁だった。この日、安節が仙知を中押しで破った碁を見た丈和は、「やはり安節は恐るべき相手だ」と肝に銘じた。だが打つからには、安節を打ち破り、定先に打ち込んでみせる。定先に打ち込んだ後は、打ち掛けの碁を打ち継いで負けたとしても、大きな傷ではない。その意味でも打ち掛け局を放置しての新たな一局を打つ意味は大きい。焦らした効は十分にあった——。

文政五年（一八二二年）八月十二日、井上家で丈和と安節の新しい碁が打たれた。

閏一月の碁から約七ヶ月ぶりの対局である。安節はカド番に追い込まれているので、これを落とすと定先に打ち込まれる。となれば、名人争いに大きく後れを取る。いやもしかすると致命的な敗北になるおそれもある。しかし安節は微塵も怖れることはなかった。打てば必ず勝つ――という自信を漲らせていた。

この碁は安節が五手目に空き隅ではなく、またカカリでもシマリでもない手を打った。安節の趣向と言えた。碁でいう趣向とは若干常道とは異なる趣きの手という意味である。カド番に追い込まれていながら趣向する安節の度胸の良さに、観戦者一同は唸った。

安節の気合いに丈和は動揺したのか、着手に迷いが生じた。そこを安節が鋭く衝き、足早に地を稼いだ。序盤が終わるころには、黒がはっきりと優勢を築いた。

夕刻、安節が五十五手を打ったところで打ち掛けとなった。前年の四十五手の打ち掛け局同様、この碁も短手数での打ち掛けだった。

「この碁は後日、打ち継ぐということでよろしいかな」

丈和は催主である因砂に言った。

「むろん」と因砂は答えた。「ただ、前の碁も打ち掛けのまま残っておる。打ち継ぐなら、そちらの方が先ではないか」

丈和は答えなかった。

「この碁を打てば、先の碁を打ち継ぐという約があったではないか。今さらそれを反故(ほご)にするつもりか」

因砂は激しい口調で迫った。因砂にとって安節は自ら服部因淑に請うて貰い受けた大事な跡目である。大成させねば、因淑に申し訳が立たぬ。そのためにも打ち掛け局の継続を認めさせねばならない。

「答えぬか、丈和」

因砂は声を荒らげた。元は肥前国唐津(ひぜんのくにからつ)藩の武士の因砂に厳しく詰め寄られてはさしもの丈和も頷(うなず)くしかなかった。

因砂は丈和から「九月の終わりに打ち継ぐ」という念書を取った。

「父上、かたじけなく存じます」

丈和が辞去した後、安節は因砂に礼を言った。

「何を言う。これしきのことで」因砂は言った。「わしは奇縁あって井上家の当主となったが、その器ではないことは己が知っている。この年になっていまだ六段の身である。しかしお前はそうではない。いずれは八段半名人、いやその上も狙える大器である」

因砂はこの年三十九歳だった。

「悲しいことに、わしの芸では、丈和の力やお前の力はもはや見えぬ。ただ、因淑殿はこう申されていた。丈和の芸は今や入神の域に達した、と。そして、こうも申された。安節の芸もまたそれに劣らぬ、と」

「父上が――」

安節は思わず父と言って慌てて口を噤んだ。

「かまわぬ。十年も父子であった関係だ。お前の本当の父は因淑殿だ」

「申し訳ございません」

「丈和が入神の技を持つとしたなら――」因砂は言った。「丈和を倒せば、お前は名人碁所になれるということだ」

安節は黙って頷いた。

「遠くない日、元丈殿は退隠されるであろう。さすれば丈和が坊門の棟梁ということになる。そしてお前もやがて井門(せいもん)を継ぐ。その時に、どちらが上か――勝負はそこで決する」

因砂は続けた。

「打ち継ぎの碁は、ゆめゆめ油断はするな」

それは安節もよくわかっていた。その碁に負けたら、丈和に定先に打ち込まれる。お互いに跡目の立場であるから、かつてのように気軽に打って局数を重ねることはできない。そうなれば先々先に戻すのも、下手すれば何年もかかるかもしれない。もし丈和が対局を忌避すれば、定先の手合は直らないということにもなりかねない。つまり、次の打ち継ぎの碁には生涯が懸かっていると言っても過言ではない。だが臆する気持ちはなかった。このカド番をしのいで、互先に打ち込んでみせるという意気だった。

七

安節が丈和との打ち継ぎの碁に備えている文政五年（一八二二年）八月、肥後国から一人の少年が井上家にやってきた。

少年の名は赤星千十郎（『坐隠談叢』には千太郎とある）、年は十三歳。幼い頃より碁に異様な才を見せ、十一歳の頃には近隣では敵う者がないほどになったという。その評判を耳にした細川家の重臣が井上家で修行させてはどうかと仲介の労をとったのだった。

井上家と細川家の縁は深い。五代将軍綱吉の頃、熊本藩に過失があった時、三世井上道節が四世本因坊道策に頼まれて、屋敷を担保にした金で幕閣に工作し、細川家を断絶から救ったことがあった。これによって井上家は細川家から永代百五十石を賜ることとなり、深い関係を長く持つようになっていたのだ。

細川家の家臣に連れられてやってきた千十郎は、早速、井上家で試験碁を打つことになった。相手となったのは跡目の安節である。この年、安節は二十五歳だった。

安節が少年相手に打つのは初めてではない。同じ八月に安井門の太田卯之助（おおたうのすけ）という十六の少年と三子で打っている（卯之助の中押し勝ち）。卯之助は後の太田雄蔵（ゆうぞう）、天保年間に江戸の碁好きを大いに沸かせる強豪となる。

安節は赤星千十郎に四子置かせて打った。千十郎は子供らしい早打ちであった。形はなっていないが、ヨミは鋭かった。安節は少年の力を試す意味で敢（あ）えて強引な攻め合いを仕掛けたが、千十郎の逆襲にあって見事に潰された。

安節は続けてもう一番打った。今度はじっくりと腰を据えて打ち、黒の大石を殺して勝った。だが敗れたとはいえ、少年のヨミの深さは本物だった。太田卯之助も才気煥発（かんぱつ）の碁だったが、千十郎の才ははっきりと卯之助を超える。その棋風はどこか桜井知達を思わせるものがあった。いずれは八段半名人を狙える逸材だ。

その時、千十郎の体が小さく震えているのに気付いた。

「どうした。二局目の碁を負けて悔しいのか」

安節が訊くと、少年は首を振った。

「喜びに震えております。碁とは——これほどまでに深いものだったのかと初めて知りました」

その言葉を聞いたとき、少年の将来は約束されたものと確信した。

細面の顔には幼さが残っていたが、眼光は子供とは思えない鋭さがあった。痩(や)せてはいたが、全身から悲壮な決意のようなものが見て取れた。聞けば、庄屋の息子で十男という。いずれはどこかに婿に入るしかない。それが叶わなければ本家で離れでもあてがわれて寂しく生きることになる。それが嫡男ではない男の生き方だった。自分もそうだった。少年はかつての己と同じく、齢(よわい)十三にして、覚えた技芸で生きていくという道を選んだのだ。

安節は、この少年を育ててみたいと思った。この大才を大きく咲かせてみたい――。

翌月の九月五日、安節は奥絵師である狩野探信(かのうたんしん)家の碁会で四宮米蔵(しのみやよねぞう)と打つことになった。

米蔵は丈和との十番碁を終えてから、本因坊門下となっていた。段位は三段であるから、五段の安節との手合は米蔵の先である。安節にしてみれば、丈和に二子の米蔵と向こう先で打たねばならないのは腹立たしいものがあったが、坊門の認めた段位となれば、否応もなかった。

丈和に二子で善戦した米蔵も、安節に先では歯が立たず、中央の大石を全滅させられて、中押しに敗れた。

ところが翌六日、松平周防守宅で再び米蔵と打ち、安節は優勢の碁を見損じで負けにしてしまった。気分の収まらない安節は三日後、再び松平周防守宅で米蔵と打ち、今度はわずか百二十四手で中押しに破った。

この頃、安節は立て続けに対局している。十四日には再び米蔵と打ち（打ち掛け）、十九日には太田卯之助と向こう二子で打っている。ちなみにこの碁は卯之助が二目勝ちしている。七段の力は優にあると言われている安節相手に、十六歳の少年が二子で勝ったということで、卯之助は大いに名を上げた。安節自身も「卯之助はいずれ安井門を代表する打ち手になるだろう」と言った。

記録によれば、安節は九月三日から十九日の間に六局も打っている。おそらく丈和との対決の前に、腕試しの意味もあったのだろう。


九月二十七日、ついに丈和との打ち掛け局が再開された。

この碁は前年の十二月に打ち掛けとなっていた碁である。江戸時代の碁では、打ち継ぎ期間が何ヶ月か空くのは珍しくないが、十ヶ月にもわたることは滅多にない。その間に丈和の上洛があったとはいえ、やはり普通ではない。これはひとえに丈和が打とうとしなかったからだ。

対局場である奥絵師の狩野探信宅には、三十名を超える観戦者が集まった。まさに江戸の碁好きが待ちに待った対局であった。もしここで丈和が安節を定先に打ち込めば、丈和の名人がいよいよ現実味を帯びてくる。その意味では、名人碁所がかかった局とも言えた。

しかし安節はそのことで重圧を感じることはなかった。むしろ多くの観戦者の前で、丈和を粉々(こなごな)にしてみせるという気概であった。この日は対局場に赤星千十郎を伴って訪れていた。千十郎に、碁士の真剣勝負の雰囲気を肌で味わわせてやりたいというものだったが、むろん自らの勝ち碁を見せてやるつもりだった。

丈和と安節は打ち掛けまでの手順を並べた。黒が四十五手を打ったところで、両者は一礼した。ここからが打ち継ぎの再開だった。

黒四十五のオキが妙手というのは、すでにこの日の観戦者たちにも知れ渡っていた。丈和が長く打ち継がなかったのは、その手に対してうまい対応策を見出せないでいたからだという噂もあった。ただ四十五のオキは妙手ではあるが、優勢を築くほどの手ではない。後々に様々な味を見た高手の芸を思わせる一手だった。

ちなみに、碁でしばしば使われる「味」という言葉は、説明が難しい言葉である。現在は何も手はないが、将来、状況の変化によっては手が生じる可能性があることを言う。プロ棋士はそういう局面を「味が悪い」と言い、非常に嫌がる。逆に将来どのような状況になっても手が生じない局面を「味がいい」と言い、プロはそういう手を好む。この碁の安節の手もそういう「味」を見た妙手であった。

　丈和は苦々しい顔であらためて盤面を眺めた。白はツゲば無事だが、それでも不安が完全に去るわけではない。それにツギは一方的に利かされとなり、常に石を働かせて打つ家元の碁士としては耐えられないのだ。

　丈和は中央のノゾキをひとつ打ってから、左辺にすべった。スベリに対して、安節は冷静にサガリで受け、左下から中央へのびる白石の根拠を奪った。

　丈和は下辺のキリを打った。下辺の黒地を根こそぎ荒らしてしまおうという丈和ならではの強手だったが、安節は下辺の地など委細構わず、中央を手厚く打った。丈和は右下のハネを打った。それを見た安節は、腕組みして長考に入った。ここが勝負どころと踏んだのだ。

　一時半（三時間）の長考の末に打ったのは、中央のケイマだった。この手は、もはや地は要らない、戦いで決着をつける、という手だった。そこから下辺一帯が難解な戦いに突入した。もはやどちらのヨミがまさっているのか、観戦者にはまったくわからなかった。

　すでに陽は落ち、部屋には行灯が点けられていた。薄暗い部屋で、両者はひたすら盤面を睨んでいた。

　十数手の攻防の末、丈和は右下隅から下辺一帯の黒をすべて取り、白地にしてしまった。観戦者の多くは丈和の力に感嘆したが、丈和の顔は苦悩に満ちていた。地は大きく取ったが、中央を完全に安節に制圧されたからだ。下辺一帯はむしろ安節に取らされた形だったのだ。

先手を取った安節は左上のツキダシを打った。その手はまさしく剛剣で白の胴体を真っ二つに切り裂くような手だった。丈和はまるで自らの体が斬(き)られたように顔を歪ませた。ここにきてもなお随分前に打たれた黒四十五の手が急所に突き刺さっているのだ。妙手と言われる所以(ゆえん)である。

観戦者の多くが安節の壮大な構想力に驚いた。同時にその遠大なヨミと戦闘力に舌を巻いた。

安節は右上から中央に一間トビを打ち、右辺を大きく盛り上げた。丈和は左辺に突き刺さった黒四十五の石の死命を制するためにコスミを打った。ここを放置してはとても後を打つことができないからだった。だが、安節はそれを待っていた。白に一手打たせてから、左辺を動き出したのだ。

左辺から左下隅にかけて再び戦いが起こった。この戦いで白は左上隅を地にすることができたが、左辺の石はすべて取られ、黒がはっきりと優勢を築いた。

ここで丈和も腕組みして長考に入った。

安節は、丈和は簡単には打たないであろうと思った。おそらく逆転を狙って、あらゆる手を読んでいるのだろう。丈和のヨミの恐ろしさは十二分に知っている。絶対不利な局面からでも凄まじい力で引っくり返してきた碁譜を何度も見ている。とくにこの一年あまりの碁は異様とも言える力を発揮している。しかしヨミなら負けぬという自信はあった。来るなら来い。どんな手でも跳ね返してみせる——。

時刻はすでに丑三つ刻（午前三時頃）を過ぎていた。丈和の長考中に、盤側で碁を見守っていた人の多くも別室に引き上げた。彼らも前日から八時（十六時間）以上盤面を見つめている。そろそろ体力の限界だった。この碁の決着はおそらくは翌朝か昼になる。それまでひと休みしようということだった。

しかし赤星千十郎は身じろぎもせずに盤面を見つめていた。安節はその姿をちらりと見て、この子は必ずやひとかどの打ち手になると思った。

丈和の長考中、夜が白み始めた。

やがて丈和はかっと目を開くと、碁笥から白石を摘まみ、中央にオオゲイマを打った。それは中央を囲んで取れと言っている手でもあり、安節のふるえを待っている妖手ともいうべき手だった。碁で「ふるえ」とは、優勢になった者が安全を期して固すぎる手を打つことを言う。

オオゲイマに対して手を抜けば、中央の黒地が大きく荒らされる。だが安節は中央を受けずに、右下を打った。ならばと丈和は中央に踏み込んだ。まさに意地と気合いのぶつかりあいだった。

安節はさらに取られている左上の黒を動き出した。丈和はその動きを制してから、中央のコスミを打った。次に上辺の白を助け、さらに黒を大きく取ろうという手だった。

安節は受けても勝てると見た。しかしそんな勝ち方をする気は毛頭なかった。碁は勝てばいいというものではない。決める時は一気に決めねばならぬ。たとえそこにどんな危険が待っていようと、最強手を選ぶ――それが井上安節の碁だ。盤側で見ている千十郎のためにも、緩んだ碁は打てぬ。

安節は丈和のコスミには構わず、中央のノゾキを打った。それは恐ろしい狙いを秘めた手だった。

丈和は再び盤面を睨みながら長考に入った。ただ、その顔には苦渋の色が滲んでいた。丈和もまた安節のヨミを見抜いたからだ。ここで兵を引けば安全なのはわかっていた。だが上辺の白を取りこまれて、負けが決定する。逃げて負けるとあっては、いくしかない。

いつのまにか夜は明け、外には鳥の声も聞こえていた。別室で休んでいた観戦者たちも再び盤側に集まっていた。

丈和は腹を据えると、死んでいた白石を助け出した。ついに地合いは追いついた。黒は中央を荒らされ、さらに上辺を大きく取られようとしている。これが取られれば逆転である。観戦者たちは丈和が次々に繰り出す勝負手が効を奏したかと思った。

安節はもう地など目もくれなかった。彼ははるか先まで読んでいたのだ。そしてすべてを読み切ると、左上の黒を再び動き出した。死命を制せられているはずの黒の動き出しに、観戦者たちは一同、息を呑んだ。そんなところに手があるとは思っていなかったからだ。

ひとり丈和だけが小さく頷いた。安節ならばやってくるのがわかっていたからだ。

丈和は約一時（二時間）の考慮の末、その黒を完全に取り切った。だがそれは取ったのではなく、取らされた手であった。つまりすべては安節のヨミの中にあるものだった。

安節は黒石を捨石にすると、中央にキリを打った。その瞬間、丈和の大石は死んだ――。

投了後、丈和は青ざめた顔で石を片付けると、無言のまま部屋を出て行った。

安節は大きく息を吐いた。丸一昼夜休みなしに打ち続けたが、疲労はほとんど感じなかった。それよりも、丈和相手に完璧に打てたという満足感で全身が満たされていた。

後悔した手は一つもない。こんなことは滅多にあるものではない。たいていは勝ち碁でも、悔やまれる手は必ずいくつもある。終盤、丈和の繰り出す勝負手に対して、一歩も引かずに最強の手で応え、最後は一刀両断に首を刎ねた。

入神の技を持つと言われる丈和をほとんど一方的に破ったこの碁は、安節の傑作と言われている。大きな構想力をもって徹頭徹尾、戦い抜き、最後は見事なヨミ切りで大石を仕留めた内容は、現代のプロ棋士からも高く評価されている。

狩野探信宅からの帰り道、安節は後ろを歩く少年に声をかけた。

「千十郎よ」

「はい」

「昨夜の所作は立派であった」

千十郎は、「はっ?」と言った。

「大人でも一昼夜寝ずの観戦はきつい。童子の身で、よくぞ最後まで見ていた」

「滅相もありませぬ」千十郎は恐縮したように言った。「あのような碁を見て眠れるわけがありませぬ」

安節は頷いた。

「私には、あの碁が一昼夜もかけて打ったとは今も思えないほどです。まるで――ほんの一時(いっとき)か二時(ふたとき)のような出来事に感じております」

「そう感じたのは、お前も盤面を見ながら読んでいたからである。碁は深く読めば、時を忘れる」

「そういうものなのですか」

「そういうものだ」

「しかしながら、兄弟子の手はまったく読めませんでした。最後、死んでいた黒石を動き出した手は、まるで見えませんでした」

千十郎はそう言って少し悲しげな顔をした。

「私には到底見えぬ世界に触れ、この先果たしてこの世界でやっていけるものかどうか――」

「何を言う、千十郎。お前にもいずれ今のような手は見える日が来る」

「そんな日が来るのでしょうか」

「来る」安節は即答した。「だがそれは――死に物狂いの修練を経た末に、会得するものである」

千十郎の両頬がぴくりとするのを安節は見た。奥歯を嚙みしめた証だった。

安節はそこに千十郎の覚悟を見た。人は必死の思いになったときは、言葉など出るものではない。もしこの時、千十郎が「精進します」とでも言葉にしていたなら、所詮は口先だけと見たところだった。

千十郎はいずれは己を抜く男になるかもしれぬと思った。また育てる限りは、そうせねばならぬ。しかしそれはまだ先の話である。今やるべきは丈和を倒すこと、そして名人碁所になることだ。

ける。

もはや丈和は恐れるに足りぬ。よもや黒番で不覚を取ることはない。一気に連勝して互先にしてみせる。とりあえず、八月に打ち掛けになっているもう一局の碁の決着をつける。

丈和は本所相生町の自宅に戻ると、早速、安節との碁を並べた。

隣の部屋では妻の勢子が長男である三歳の梅太郎と遊んでいたが、少しも気にならなかった。ひとたび盤に石を並べると、周囲がどれほどうるさくても何も聞こえなくなるのは修行時代から変わらなかった。

打ち掛けの図から終局までを並べてわかったのは、やはり安節は恐るべき相手であるということだった。前年の御城碁では安節を粉砕して、突き放したかと思ったが、そうではなかった。安節はこの一年にまたも腕を上げている。

丈和は深いため息を吐いた。初めて安節と打ったのは文化九年（一八一二年）、ちょうど十年前だ。当時、立徹と名乗っていた十五歳の少年と二子で対局したとき、その才と若さに恐怖のようなものを覚えた。自分の年齢に到達するまで十一年の歳月があるということが、憎いと思った。

以来、何としてもこの少年を抑えつけようと懸命に打った。一瞬でも並ばれたらおしまいだ。追いつかれたが最後、一気に抜かれるだろう。それゆえ安節と打つ時は、他のどんな相手よりも真剣に打った。以来十年、ついに先々先以上には迫らせなかった。

安節はすぐ後ろにつけていたが、まだ負けない自信はあった。だが、先々先（一段差）を維持するのはもはや困難であると思った。このまま対局を続ければ、いずれは互先（同格）に打ち込まれる。となれば、十一歳の年齢差が大きくものを言うだろう。名人碁所は安節に奪われるかもしれぬ。

もう一局残っている打ち掛け局も、五十五手にしてすでに白の形勢が悪い。もし打ち継げば苦戦は免れ得ないだろう。されば、如何（いかん）となすべきか――。

丈和は目を閉じて、沈思した。

翌日、丈和は本因坊宅を訪れ、師の元丈に安節との碁を見せた。

元丈は終局図までを見届けた後、ぼそりと言った。

「安節の才は本物だったな」

丈和は黙って頷（うなず）いた。

「だがその安節を、今日（こんにち）まで互先にさせなかったお前の力もまた本物だ」

「しかし、この後はどうなるかはわかりませぬ」

元丈は答えなかった。部屋の中にしばしの沈黙があった。

やがて、元丈がぽつりと言った。

「先のことなど誰にもわからぬ。だが、お前と安節はいずれ名人碁所の坐をめぐって争うことになるだろう」

師の口から「名人碁所」という言葉が出たのは初めてだった。丈和の驚いた顔を見て、元丈はにやりと笑った。

「わしもかつては名人を目指したこともある」

「はい」

「だが、ひとつ下に知得がいた。知得を倒せば名人になれる。おそらく知得もわしに勝てば名人になれると考えていたと思う。思えば、お互いが目標だった。知得とは長年にわたり烏鷺を戦わせたが、ついにどちらかが優るということはなかった」

「師匠も安井仙知殿も、名人の力を備えておられましたから」

「さあ、それはどうかな」元丈は快活に笑った。「ただ、古来より、名人は他から隔絶した力の持ち主がなるものと決まっておる。いや、そういう者が現れた時にこそ、名人碁所ができる。言うなれば、名人というものは天が作るものと思っておる。わしと知得が同時代に生きたのは、天が名人を望んでいなかったということだ」

丈和は師の言葉に頷きながらも、それは違うのではないかという思いを持った。

「名人碁所」はたしかに神聖な位である。しかしながら所詮は人が作った位である。つまり勝ち抜くことで奪い取れるものである。師が名人になれなかったのは、仙知（知得）という天才と無二の友でもあり、共に名人を望まなかったからだ。もし自分なら、仙知と争碁をしてでも名人を望んだであろう。そこで敗れても悔いはない。

しかし、と丈和は思った。安節と戦うことが名人への唯一の道ならば何としても打つが、打つことがむしろその妨げとなる怖れがあるときは、これを回避するのもまた兵法ではないか、と。碁盤の上でも同じことだ。苦しい局面で敢えて戦う愚を犯す必要はどこにもない。戦わずにヨセて勝てる碁を、敢えて戦う必要はどこにもない――。

丈和は安節との打ち掛け局をそのままにしてしまおうと決めた。打ち継げば不利は免れない。苦労の末にその碁に勝てたとしても、定先に打ち込めるわけでもない。己は今が打ち盛りである。だが、それは決して長くはない。名人碁所を目指すには、ひとつの取りこぼしもなるまい。師の元丈と安井仙知は別格として、今最も打てる碁士は井上安節である。その安節に対して向こう先々先の手合である己は、名人に一番近い男である。このままその手合を維持すれば、やがては名人に推挙されるときが来よう。

安節との対局を続ければ、やがては互先に打ち込まれるであろう。認めたくはなかったが、安節の碁は今や互角に近いところまで来ている。この十年、安節と七十局近く打ち続けてきた己だからこそわかる。もし同等の技量の者が二人いれば、二人ともに名人にはなれぬことは師を見ればわかる。名人を取るためには、命懸けの争碁となるであろう。

仮に五年後に安節と争碁を打つとなれば、その時、己は四十を超えている。安節はまだ三十だ。負けるとは思わぬが、勝てるとも言えぬ——。

八

二ヶ月後の十一月、御城碁が打たれた。

その年の組み合わせは次の三局だった。

先番 井上因砂 / 本因坊丈和

二子 安井仙知 / 井上安節

三子 林柏悦（はくえつ） / 服部因淑

林柏悦は元美の実子で（養子説もある）、この年、十八歳で御城碁の初出仕だった。

丈和は因砂を中押しで破り、安節もまた仙知を中押しで破った。二人は六段と五段だったが、実力はそのはるか上を行くのは衆目の認めるところであった。

御城碁の後、安節は丈和に打ち掛けの碁の再開を迫ったが、丈和は「年の瀬で忙しい」などと理由をつけ、打とうとはしなかった。

年が明けても、丈和は打ち継ぎ局の再開には応じようとしなかった。


安節は丈和に打ち継ぎの意志はないと見て、新たな対局を申し込んだ。当時の江戸の碁好きたちが最も見たい手合であり、安節と丈和の碁が見られるとなれば、催主はいくらでもいた。対局料も破格であった。だが丈和はいくら金を積まれても安節との手合を持とうとはしなかった。

安節は歯がみして悔しがったが、これぱかりはどうしようもない。いかに打倒丈和を念じても、打たない相手には勝てない。

ただ、丈和もこのままでは名人にはなれないはずだと安節は考えていた。段位はいまだ六段であるし、元丈と仙知が当主でいる間はいかに名人を望んでも不可能だ。丈和が八段半名人になったとき、自分もまた八段半名人になっていればいいだけのこと。それはおそらく数年後である。勝負はそこだ。おそらく名人碁所を懸けた大勝負になるはずだ。その日のために剣を磨かねばならぬ――。

安節は自らの修行の傍ら千十郎の育成も怠らなかった。安井仙知の息子の金之助も、また安井家の通い弟子である太田卯之助も有望な少年だが、千十郎はそれ以上だと安節は見ていた。この才を大きく伸ばすことが自らの使命と考えていたのだ。それで、かつて父・因淑が自分を薫陶してくれたように、安節も千十郎のために何番も胸を貸した。

千十郎はヨミが早く、同時に深かった。安節は打っていて、十二歳下のこの少年は、あるいは己以上の才かもしれぬと思った。そこには嫉妬はなく、むしろ喜びを覚えた。

その年の夏、千十郎は安節に三子で打てるようになった。当主の因砂はそれを見て、初段を許した。同時に千十郎は名を因誠に変えた。

安節にはひとつ気がかりなことがあった。それは因誠が蒲柳の質だったことだ。碁打ちはいかに才能があっても、体が弱ければ大成しない。安節の心配をよそに因誠は懸命に修行に励んだ。安節はその打ち込みようを見て、かつての己のようだと思った。因誠は必ず将来名をなす打ち手になると確信した。

この年、ついに安節と丈和の対局はなかった。前年の八月の打ち掛け局も再開されることはなかった。

翌文政六年（一八二三年）の丈和の対局はわずかに七局。うち四局が置かせ碁である。名人碁所を視野に入れ、負ければ傷のつく勝負碁を避けているのは明らかだった。

安節は焦らなかった。今はいかに手合を忌避しようが、名人碁所になるには己との対局は避けられない。名人碁所への願書を出しても、井上家が故障を唱えれば、最終的には争碁となるからだ。

その年の十一月に行なわれる御城碁は次の組み合わせだった。

先｛本因坊元丈
　　林元美

三子｛本因坊丈和
　　林柏悦

先｛井上安節
　　服部因淑

一番の注目は因淑と安節の碁だった。

この対局が決まった後、安節は育ての親、因淑を訪ねた。

「このたび、御城碁において父上と対局することになりました」

「そのようであるな」

「よろしくご鞭撻（べんたつ）のほどをお願いいたします」

「まさか、千代田城御黒書院において、かつての息子と打つとは思わなかった」

言いながらも因淑は嬉しそうだった。

「しかも今をときめく井上家跡目の安節に対して白番とは、この老体にはちと荷が重い」

因淑は笑った。因淑はその年、六十三歳になっていた。当時としては長寿、もちろん碁界の大長老である。

「お前とは何百番も打ったなあ」

因淑は目を細めて言った。

「初めて打ったのは尼崎藩の中屋敷に招かれての稽古碁だった。お前はまだ七歳になったかならぬかの年だった。わしに七子置いて敗れ、大泣きしたのを今も覚えておる」

安節ははにかんだ。

「もう二十年近くも昔のことだ。だが、わしははっきりと覚えておる。あばたの残る幼い童子が声を上げて泣く様を――」

「お恥ずかしい次第です」

「何も恥ずることはない。負けて泣かぬような子は強くはなれぬ。そして、お前は負けはしたが、光るものがあった。それゆえ、わしの方から内弟子に欲しいと言った」

「ありがたき幸せにござります」

安節の脳裏に父と過ごした十年余りの日々が駆け巡った。ひたすら碁に向き合えた幸福な日々だった。父から学んだものは数えきれなかった。父との出会いがなければ、今日の自分はない。

「このたびの御城碁での碁が、お前と打つ最後の碁になるであろう」

その言葉を聞いた安節は緊張した。

「お前がいかに成長したか、存分に見せてもらうぞ」

「父上に恥ずかしくない碁をご覧に入れます」

因淑は満足そうに頷いた。

「ところで、弟子を取ったそうだな」

「はい。肥後国から来た少年で、今年十四歳です。元の名を赤星千十郎と言います。この夏に因誠の名を与えました」

「見込みはあるか」

「半名人を狙えるほどの逸材かと存じます」

「おお、それは将来が楽しみなことだな」

因淑は笑みを見せたが、それは幾分悲しげな色を含んでいた。

「わしは因誠の大成を見ることは叶わぬだろう」

「なにをおっしゃいますか。井上家が本因坊家をしのぎ、家門大いにふるうまでを見届けていただきたい」

「そうだな。お前が丈和を倒すまでは生きたいと思っている」

安節は黙って頷いた。

「昨年打った丈和との碁であるが」と因淑は言った。「実に見事であった」

「有難きお言葉です」

「わしの見るところ――お前は丈和に並んだ」

安節は震えるほどの喜びを覚えた。父は息子だからといって世辞を言うような人ではない。碁に関してはとことん厳しい人だ。丈和に並んだと考えたのは決して独りよがりではなかったのだ――。

因淑は鋭い眼をして言った。

「お前はいつの日か、必ず名人になる。それほどの器である。わしはそれを見届けてから死にたい」

安節は、父のためにも必ずや丈和を倒し、名人碁所に就いてみせると胸の内に誓った。

その年の因淑と安節の御城碁は師弟対局とは思えないほどの激しい碁となった。この下打ちの碁は寺社奉行である本多豊前守正意の上屋敷で打たれている。豊前守は駿河国田中（現・静岡県藤枝市）藩の藩主である。

因淑は安節の力を試すがごとく、敢えて難解な戦いを挑み、序盤から厳しい手を選んだ。安節もまた父の挑戦を真っ向から受けて立った。難解な戦いは延々と続き、この対局は四日を要した。

この碁で見せた因淑の芸は、後日、元丈や仙知をも唸らせたほどの見事なものだった。まさに若き日の「鬼因徹」を彷彿とさせる華麗かつ峻烈な打ち回しだった。

安節もまた父の底力に感服する思いだった。しかし負けるわけにはいかない。父の願いを思えば、その父が相手と言えど、御城碁で苦杯を喫するわけにはいかぬからだ。ただ、形勢は黒によくならなかった。

三日目の夕刻、因淑がやや優勢のまま、終盤の大ヨセを迎えた。

百五十二手目、因淑は中央のツギを打ち、安節に黒の大石の生きを催促した。黒が生きれば、上辺の大きなヨセを打ち、白に何目か残ると因淑は計算した。

安節はここで長考した。父の意図はわかっている。安節もまた同じヨセを読み、やはり黒が幾分か足りないと計算した。ならば、どうするか――。

二時（四時間）近い長考の末に、安節の打った手は因淑を驚かせた。何とハネ出しから三子の石を捨石にして、強引に先手を取ったからだ。

一見多大な犠牲を払ったかに見える黒だったが、安節は上辺のヨセを打った後のヨセをすべて読み切り、黒に残ると見たのだ。ただ、そのヨセの手順は恐ろしく難解なものだった。

陽は落ちて、行灯が灯された。両者は薄暗い部屋の中で、ひたすらヨセを読んだ。

やがて夜が明けたが、碁はまだ終わらない。

打ち終えたのは四日目の昼だった。前日の朝から丸一昼夜打ち続けての終局、激闘の結果は黒の二目勝ちだった。

「師匠、ありがとうございました」

整地を終えて後、安節は深々と頭を下げた。因淑は満足そうに頷いた。

それから、静かに訊いた。

「ハネ出しの手で終局まで読んだか」

「いえ」と安節は言った。「それ以外の手では、黒には勝機がないと思いましたゆえ」

因淑は安節の目を覗きこむようにして笑った。

「父に対して謙遜はよせ」

「申し訳ございませぬ」

「あのハネ出しで三子を捨てて先手を取り、終局までを読んだとあれば、半名人の技は十分にある」

「もったいないお言葉にございます」

「よくぞ、ここまでに至った。満足のいく碁であった」

安節はもう一度深く頭を下げた。

その年の御城碁の他の二局の結果は、本因坊元丈は林元美に白番で三目勝ち、林柏悦は丈和に中押し勝ちというものだった。丈和は御城碁での初めての敗北だったが、向こう三子の碁は負けても傷はつかないものだった。

こうして嵐の前の静けさともいうべき文政六年の年が過ぎた。

九

年が明け、文政七年（一八二四年）になった。

三月、安節は安井家での鉚（りゅう）の初段祝会に招かれた。安井鉚は仙知（知得）の長女で十七歳、金之助の姉だった。人づてに仙知の娘が碁を打つらしいとは聞いていたが、まさか初段になるほどの腕とは知らなかった。芸に厳しい仙知が初段を許すほどであるから、その力は本物なのであろう。だとしたら、鉚という女は相当な珍物であろうと安節は思った。

安節がそう考えたのも無理はない。江戸時代の二百六十年間、女性で入段を認められたのはわずかに十一人を数えるのみである。かつて平安時代には御所の女人の嗜（たしな）みであった碁は、いつしか男性のものとなり、鎌倉以降には女性が打ったという記録はほとんどあらわれない。

平成二十八年（二〇一六年）十一月現在、日本棋院、関西棋院に所属しているプロ棋士は四百六十八人であるが、そのうち女流棋士は八十七人である。ただ、女流棋士には男性と同じ入段条件でプロになった者はほとんどいない。また女流タイトル戦以外の一般棋戦の本戦では男性棋士にはまず勝てない。名人戦リーグと本因坊戦リーグが誕生して半世紀以上経つが、女流棋士は一度も入っていない。これは将棋界も同じで、女流棋士は男性棋士にはまず勝てない。

データを見る限り、囲碁や将棋のようなボードゲームでは圧倒的に男性優位である。その理由に関しては、一昔前までは環境的なものが大きいのではないかという説が主流を占めていた。これは囲碁や将棋に限らない。芸術や学術など圧倒的に男性優位が続いてきたのは、長い間、女性がそうしたものから遠ざけられてきたからだ。実際、男女同権が進んだ現代においては様々な分野で女性の進出が著しい。ところが囲碁と将棋に関しては、その差がほとんど埋まらないのだ。これはどう考えればいいのだろう。

脳生理学では長らく男性脳と女性脳は異なるとされてきた。もしかしたら囲碁や将棋は男性脳にとって有利なゲームである可能性があるのかもしれない。少なくとも過去のデータからはそう考えられる。もっとも、脳の世界はまだまだ未知の分野が多く、今後の研究によって大きく変わる余地は残されている。

安節が両国薬研堀の安井家に着いたのは午の刻（午前十一時頃）だった。すでに家元の係わりの者が何人も来ていた。

広間に通されると、僧衣をまとった太った男の姿が目に入った。丈和だった。安節は丈和に近付いた。

「丈和殿、久しぶりでござります」

「おお、井上家の跡目殿ではござらぬか」

丈和は慇懃な笑みを浮かべて言った。

「先年よりお願いしております打ち掛け局の再開、いつごろになりますでしょうか」

すると、丈和は少し表情を曇らせた。

「本日は鉚殿の祝いの会でござる。やぼな話はやめようではないか」

そう言われれば、もうそれ以上その話はできない。

「では、後ほど、あらためて書状にしてお願いつかまつります」

丈和は鷹揚に頷くと、背を向けた。安節はその背中を憎々しげに見つめた。

まもなく会が始まった。

まず仙知が挨拶した。かしこまった顔で参列した人たちに丁寧に礼を述べた後、儀礼的な言葉を重ねた。そして皆に鉚を披露した。

おずおずとあらわれた鉚を見た安節は、その美しさに驚いた。

「いまだ技量おぼつかない不束者（ふつつかもの）でありますが、一層精進を重ねる所存でございます」

鉚はそう言って深々と頭を下げた。隣では仙知がにこやかな笑みを浮かべていた。

安節はただただ鉚の美しさに見とれていた。なんと美しい女人であろうか——。

彼は知らなかったが、安井鉚は「両国小町」と呼ばれていた。鉚の姿を見たいがために、多くの武士が安井家に碁を習いに通っているという噂もあったほどだ。しかも碁の力も本物で、「閨秀（けいしゅう）四傑」に数えられたほどの力があった。

鉚の披露が終わると、早速何局かの手合が組まれた。安節は安井家門人の笹本喜三郎と打ったが、もちろん祝いの席であるから、最初から打ち掛けを前提にした碁である。

その夜、祝いの会を終えて、家に戻ってからも、安節の頭の中から鉚の顔が消えなかった。

仙知も端正な顔立ちをしていたが、鉚はそれを碁才とともに受け継いだのであろう。きりっとした眉、すっと通った鼻筋、微笑（ほほえ）んだように見える赤い唇——それらのすべてが魅力的だったが、何よりも安節を魅了したのが、切れ長の目の中にある大きな黒い瞳だった。

安節は碁盤を前にして女人の顔を思い浮かべている己に気付いて苦笑した。それを振り払うかのように、その日の打ち掛けの局の碁譜を記すために筆を執った。

安節は様々な贔屓筋に、丈和との手合の機会を作ってくれるように依頼した。

安井家では丈和に対してあのように言ったが、実際には打ち掛け局の再開は諦めていた。一年以上も打たなかった碁を打つとは思われない。ならば、新たな対局を積み重ねていけばいい。

贔屓筋は丈和と安節の対局を目玉とする碁会を何度も企図した。二人が打つなら場所と金を提供しようという者が幾人も現れた。この頃、丈和と安節の碁は、碁好きたちの垂涎の対局だった。

しかし丈和は体調不良を理由にして応じようとしなかった。この年、記録に残っている丈和の手合は二局しかない。二つとも向こう二子番、しかも一局は四宮米蔵の四段昇段祝いの会での儀礼的なもので、打ち掛けに終わっている。

安節はやきもきしたが、これればかりはどうしようもなかった。打たない相手を無理矢理に対局場に引きずりだすことはできない。

しかしこの対局忌避はむしろ自分にとって有利かもしれないと考えた。丈和は今が打ち盛りである。このまま時が経てば、いかに丈和といえど腕も落ちてくる。一方、自分はこれからまだ強くなる。つまり、数年後に打つ時は、明らかに自分の方が強い。もし丈和が本当に自分を叩きのめしたいと思うなら、打ち盛りの今、一気に勝負をつけるべきではないのか。

丈和が名人を視野に入れていることは明らかだった。だが名人碁所は、他の家元の同意を得なければならない。もし同意が得られないとすれば、すなわち「争碁」となる。そのとき、丈和の前に立ちはだかるのは、この井上安節をおいてほかにない——。

丈和が名人を狙っていることは、安井家も林家もわかっていた。

安井家当主の仙知は、もし丈和がすべての碁打ちを向こう先々先（一段差）に打ち込むことができたら、名人に推挙するのもやむをえないと考えていた。ただ、自分が丈和に打ち込まれるとは微塵も思っていなかった。打ち盛りは過ぎたとはいえ、まだまだ丈和に後れは取らぬ。ただ、己が退隠したとき、はたして丈和に対抗できる碁士が安井家にいるだろうか。金之助はいずれひとかどの碁打ちになるだろうが、今はまだ齢十五の二段である。丈和にはとても敵わないし、安井家を任せるには十年はかかるだろう。となれば、と仙知は思った。その間は隠居もまかりならない——。

林家当主の元美（げんび）は丈和の名人には心のうちで賛成だった。もともと元美は本因坊家の一門であり、丈和の兄弟子にあたる。丈和が名人になれば、林家にとってもいろいろと都合がいい。

元美は水戸藩の武家の出で、当時の碁打ちとしては珍しく広い学識があった。碁に関する著作も多い。彼の著わした詰碁集『碁経衆妙』は現代でも多くの愛好者に読まれている名著である。もっとも彼はその学識を利用して、後世の囲碁好きを戸惑わせるいたずらもしている。彼が発見したという日本最古の棋譜である「日蓮と日朗」の碁、さらに戦国時代の「武田晴信（信玄）と春日源五郎（高坂弾正）」の碁、「真田昌幸と真田信之」の碁は、長い間、囲碁史の貴重な資料とされていたが、その後の研究により、おそらくすべて元美の偽作であろうというのがほぼ定説になっている。

ところで丈和の師匠でもあり、本因坊家当主の元丈も当然、弟子の野望は知っていた。自身は「名人は天が作るもの」という考えを持っていたが、その考えを弟子に押し付けるつもりはなかった。碁の局面が刻々と変化するように、時代もまた刻々と変化するものだ。己は知得（仙知）という好敵手がいたために名人にはなれなかったが、それが己の運命だ。悔いはない。しかし丈和は自分とは違う。別の道をいけばいい。修羅のように戦い抜いて名人を奪うなら、それもよし。だが、いずれにしても、それは己と知得が退隠した後の話だ——。

もうひとり、丈和の望みを警戒している男がいた。安節の義父であった服部因淑である。

因淑は何としても安節を名人に就けたいと思っていた。その最大の障壁は丈和にほかならない。因淑の目から見ても、この数年の丈和の強さは何かが取り憑いたかのように見える。とくに完璧な打ちまわしを見せた仙知を先番で破った碁は鬼神をも思わせた。噂では、先年の上洛の前に、元丈相手に先番で十局打ち、そのすべてに勝ったと聞いている。こんなことは想像もできない。まさに技、入神に至れりと言っても過言ではない。

しかし、安節もまた決して丈和に劣るものではない。先年、十ヶ月の空白の後に打ち継がれた碁では、あの丈和を粉砕した。その碁を観戦していた者たちの言うところでは、投了した時の丈和の顔は真っ青だったという。丈和は安節の真の力を見たに違いない。それが証拠に、丈和はそれ以後、安節を徹底的に避けている。打てば、負かされると恐れているのだ。今戦えば、どちらに凱歌が上がるかはわからない。しかし彼には確信があった。数年先には安節は丈和を抜く――。

安井仙知、林元美、服部因淑の三人は、その後、名人をめぐる泥沼の争いに巻き込まれていくことになる。だが、それは盤上の戦いではなく、権謀術数がうごめくおどろおどろしい争いであった。

ただ多くの碁打ちたちにはそんな激動の予感もなく、文政七年は坦々と過ぎていった。

そんな太平の江戸の世に、碁打ちたちが想像もつかないような不安が忍び寄っていた。二十年ほど前から日本近海にたびたび外国船が出没し、幕府は彼らの上陸に対して危機感を高めていたが、この年、ついに危惧していたことが現実となった。

五月、英吉利船の船員十二名が常陸国の大津浜（現・茨城県北茨城市大津町）に上陸したのだ。十二名は水戸藩の役人に捕縛され、尋問を受けた。この時、幕府からも役人と通訳が派遣された（この事件は後に大津浜事件と呼ばれる）。

船員たちは捕鯨船の乗組員で、船の中に壊血病の患者が出たため、新鮮な肉と野菜を調達する目的で上陸したと述べた。彼らはさらに幕府が驚くようなことを言った。極東の海で多くの鯨が取れるため、各国の捕鯨船が大量に日本の近海で漁をしているというのだ。

幕府は英吉利船員に必要な薬と食糧を与え、再びこのようなことがあれば許さぬと申しつけて放免したが、この処置は甘いとして、儒学者の藤田幽谷門下の水戸派の学者らは大いに反発し、これが後の攘夷論に発展していく。

江戸からそう遠く離れていない常陸国で起こった事件だけに、江戸の庶民の間でもこの出来事は大いに話題に上った。とはいえ、自分たちの暮らしには直接の関わりもないことだったので、単なる面白おかしい話として語りあっていた。これは碁打ち仲間も同じだった。

しかし、安節は笑って聞いていられなかった。今、日本は大変な危機を迎えているのではないだろうかという気がしてならなかった。それは前に長崎の阿蘭陀人と交流があったという人物から、西洋の武器は非常に強大だと聞いていたからだ。はたして戦いになった時に、日本は打ち勝つことができるのであろうか。いや、それよりも国が一丸となって戦えるかどうか——。

安節は長い間、埃をかぶっていた『孫子』を紐解いた。碁の戦いも大事だが、国の戦いはそれ以上の大事である。

十

文政七年（一八二四年）六月のある日、安節が稽古から戻ると、父の因砂に「話がある」と呼ばれた。

安節は十徳から着物に着換えて、父の部屋に行った。

「何用でござりましょうか」

「あらたまっての話はほかでもない」因砂は静かに言った。「家督を譲ろうと思う」

安節は驚いた。因砂はまだ四十一歳、隠居する年には早い。

「お前が言いたいことはわかる。たしかに隠居の年ではない。だが、それはわしがそれなりの芸を持っていればこその話だ。当主よりも跡目のほうがはるかに強いとなれば、家督を譲るのが自然の理（ことわり）ではないか」

「お言葉ですが——」

安節が言いかけるのを因砂は手で制した。

「もともとわしは名門井上家の当主の器ではない。十四年前、春策殿が急逝し、わしが唐津から呼ばれて井上家を継いだ時から、家を絶やさぬ為のつなぎの役目と任じていた。いずれ、名家にふさわしい碁打ちを見つけて、後を託す、と。そして五年前、因淑殿からお前を貰い受けた。その日から、いつかお前に家を託さねばならぬと今日まで考えてきた。今、ようやくその時が来た」

「父上——」

安節はそれ以上言葉が続かなかった。

父がこれまで陰（かげ）に日向（ひなた）に己を支えてくれた日々を思うと、胸が詰まった。己は江戸一の幸福者だと思った。二人の父に今日まで育ててもらった。こんな果報者がほかにいるだろうか——。

「寺社奉行にはすでに願書を出しておる。おそらく近いうちに家督相続が認められるであろう。その時は、井上家代々の因碩を名乗るがよい」

安節は黙って頭を畳にこすりつけた。

翌月の七月二十七日、寺社奉行から安節の井上家家督相続を許すという沙汰があった。その日をもって安節は十世井上因碩を名乗ることとなった。

安節改め因碩は身が引き締まる思いだった。もはや跡目ではない。己の両肩には名門井上家がずっしりとのしかかっているのだ。おろそかな碁はゆめゆめ打てないのは当然だが、その言動もまた名門の棟梁にふさわしいものでなければならない。

安節が井上家の当主となったことで、家元同士の談合で六段が認められた。これは多分に祝儀的な意味合いがあったが、当主ともなればそれなりの段位が与えられるのは、家元間の不文律のようなものだった。もっとも因碩の場合、六段でも実力よりもはるかに低い段位であった。

因碩は六段昇段を素直に喜んだ。というのは丈和の段位に並んだからだ。

翌月、安井家でも動きがあった。長らく跡目不在だった安井家にようやく跡目が誕生した。すでに四十九歳になっていた仙知は、自らにもしものことがあった時に備えて、長男である十五歳の金之助を跡目に据えたのである。

金之助は名を俊哲（しゅんてつ）と改め、同時に二段が許された。もっとも、その実力は名門の跡目としては物足りないものがあった。俊哲の才は父である仙知も認めるほどであったが、真面目に碁の修行に励まないという噂もあった。長じて後も、碁より「飲む、打つ、買う」の道楽にいそしんだ。そのために仙知は後に苦労させられることになる。

文政七年十一月、御城碁の組み合わせが決まった。次の二局である。

先｛本因坊元丈
　｛井上因碩（安節）

三子｛安井仙知
　　｛林柏悦

服部因淑、林元美、本因坊丈和、それに安井家の跡目となったばかりの俊哲は不出場だった。

因碩は元丈相手に先番の効をがっちりと守り抜き、二目を余した。目数は少なかったが、終始、局面の主導権を握り、元丈に付け入る隙を与えなかった。柏悦は仙知に九目勝ちだった。

因碩は自分の碁が何か大きく変わったような気がした。晩年の自著『囲碁妙伝』で、意味深い言葉を記している。

「申酉二年に的然と昇達せしを心中に覚ゆ」

申酉二年とは文政七年と八年のことである。しかもこの文章の前には、「文政七申年以前は芥の如し」とまで書いている。芥とはゴミという意味である。『囲碁妙伝』はある種の韜晦に満ちた本であり、この言葉を額面通りに受け取るわけにはいかないが、晩年の幻庵が若い頃を振り返って「的然と昇達せし」と断言するのは、よほどの自覚がなければできない。

ちなみにこの年の御城碁が本因坊元丈の最後の御城碁となった。

その年の暮の夕刻近く、因碩は贔屓筋の稽古の帰り、芝の増上寺の裏手で、「もし」と後ろから声を掛けられた。

「因碩様ではございませんか」

振り返ると、安井鉚だった。鉚はにっこりと微笑んだ。鉄漿をしていない白い歯が因碩の目に飛び込んできた。途端に緊張して、咄嗟に言葉が出なかった。

「先だっては、わたくしの初段の祝いにお越しくださり、まことにありがとうございます」

「――いいえ」因碩はやっとの思いで声を出した。「結構な会にお招きいただき、礼を述べます」

「井上家の跡目になったのですね。おめでとうございます」

「ありがとうございます」

「どちらまで行かれますか」

「芝新銭座の自宅に戻るところです」

「わたくしは両国まで帰ります。よろしければ、途中までご同行させていただけないでしょうか」

望外の喜びであったが、因碩は黙って頷いた。

鉚は因碩の少し後ろを歩いた。若い女人と往来を行くなど、因碩には初めてのことだった。何を話してよいのかわからず、二人はしばらく無言で歩いた。

道にはまだ前日の雪が残っていた。

鉚は背の高い女だった。小柄な因碩とあまり変わらなかった。

「お父上とは打たれることがありますか」

芝新銭座近くまで来たとき、因碩が訊ねた。

「ありません」鉚は答えた。「父は俊哲とはたまに打ちますが、わたくしの相手などはいたしてくれません」

因碩が振り返ると、少し不満げな表情をする鉚の顔があった。

「碁が好きなのですか」

「はい、とても」

　愚問を口にしたと思った。好きでなければ初段になどなれるわけがない。もちろん持って生まれた才も大きいが、何よりも好きでなければこの道は続かない。

「因碩様の碁は何局も並べました。ヨミが深くて、力がとてもお強いと感嘆いたしておりました。並べながら——とてもわたくしごときでは推し量れる碁ではないと存じました」

　因碩は自分の足が宙に浮くような心持ちを覚えた。

「そこまで言われるほどの力はございません」

「いいえ」鉚は強い口調で言った。「父も、因碩殿の碁は半名人の技は十分にあると申しておりました」

　言ってから、鉚は慌てて取り繕った。

「失礼を申し上げました。今の言葉は放念してくださるように存じます」

　因碩は頷いたが、胸の内で喜びを嚙みしめていた。あの安井仙知が己の技量を半名人の技と娘に語っていたのだ。まさに碁打ち冥利に尽きる言葉だった。

　いつのまにか芝新銭座に着いた。

「それではここで失礼つかまつります」

　因碩が立ち止まって言うと、鉚も立ち止まった。

「いつか、因碩様に教えていただきたいと存じます」

「――喜んで」

因碩は声を震わせて言った。鉚の口元に息が白く曇るのが見えた。

「本当ですか。わたくしのような者でも打っていただけるのですか」

因碩は鉚に正面から顔を見つめられて、体が硬くなった。己の顔が醜いことを恥じていたからだ。幼い頃の疱瘡のせいで一面のあばた面の上に、やたらと口が大きく、口の悪い仲間たちからは「鮟鱇」という綽名まで付けられている。これは安節と名乗っていた頃に「安公」をもじってつけられたものだ。因碩は思わず鉚から目を逸らした。

「なぜ、横を向かれるのですか。わたくしとは打つ気はないということでしょうか」

「違います」

因碩は自分でも驚くほどの大きな声で言った。往来を行く人がその声に思わず振り返った。

「必ず打ちます。近いうちに」

鉚はにっこりと笑うと、頭を下げた。

「その日が来るのをお待ちしております」

そう言うと、鉚は背を向けて去って行った。

因碩はその背中を見ながら、鉚と打ちたい、と心から思った。

鉚と別れてからも、その面影は因碩の脳裏から去らなかった。

いくら追い払おうとしても無理だった。こんな感情は初めてだった。これが「懸想する」ということかと思った。

因碩はもちろん女は知っていた。吉原には幾度か通ったことがあるし、もっと下卑た岡場所にも行ったことがある。女の体はたしかに一時は夢中にさせるものがあるが、欲望を満たしてしまえば、それで終わりだ。碁の深遠さに比べれば何ほどのことはない。所詮は、女など束の間の喜びにすぎない。そう思っていたはずなのに、鉚への気持ちは抑えようと思っても無理だった。

気持ちを鎮めようと、碁盤に石を並べた。しかし那智黒を盤に置くと、それが鉚の目に見えた。

因碩は自らを叱咤した。お前は井上家の当主ではないか。いずれは丈和を倒して名人碁所に就く身ではないか。それほどの大望を前にして、小娘に心を奪われるとは、あまりにもだらしがないではないか！　因碩はそうして無理矢理に鉚の面影を脳裏から追い払った。

年が明け、文政八年（一八二五年）になった。鉚には打つと約束したが、それは反故にしてしまおうと思った。

二月、京極周防守高備宅で行われた碁会で、因碩は安井門の太田卯之助と手合を持った。

十九歳になる卯之助は裕福な両替商の息子だったが、幼い頃から大仙知（七世仙角仙知・知得の師匠）に碁を学び、近年は安井家に入り浸って碁に明け暮れて、将来を大いに嘱望されていた。

卯之助と打つのは文政五年（一八二二年）の秋以来三年ぶりだった。その時は三子局、二子局ともに負かされ、才気に驚かされたが、はたして伸び盛りの青年が三年でどこまで腕を上げているか楽しみでもあった。卯之助や安井俊哲は、いずれ我が弟子の因誠と烏鷺を争うことになるだけに、この対局で力を計るつもりだった。

対局の部屋に入った因碩は、観戦者を見て驚いた。大勢の男たちに混じって鉚の姿があったからだ。その隣には弟の俊哲もいた。

久しぶりに鉚の顔を見て胸が高鳴ったが、同時に大いに動揺もした。心が動いては得心のいく碁が打てないことは経験で知っている。それで対局前に目を閉じて、雑念を払った。しばらくすると、平常心を取り戻せた。

いい碁を打ちたいと思った。鉚が見ている前で恥ずかしい碁は打てない。勝ちにこだわる手や、下手の目をくらませるような手は絶対に打てない。勝敗は二の次である。これが井上因碩の碁だというものを見せなくてはならない。

二子置いた黒は序盤から激しく戦ってきた。卯之助は後年、厚みを重視した華麗な棋風で囲碁好きを魅了するが、この碁においてもその片鱗を見せた。白石をぐいぐいと押さえこむように、中央に大きな勢力を築いた。

因碩は敢えて卯之助に自由に打たせ、存分に模様を張らせた。それは中盤以降に様々な手筋を繰り出すためだった。鉚に高段者の手筋と芸を見せたいと思ったからだ。

五十三手目、因碩は黒の模様の中にどかんと打ち込んだ。部分的に生きるのが目的ではない。この石を利用して、様々な味を見ながら、局面を動かしていこうという大きな構想を持った手だった。

碁盤全体を使い、あらゆる手筋を駆使する因碩の玄妙な手段に、若い卯之助は完全に翻弄された。因碩はじわじわと差を詰め、終盤のヨセでついに抜き去った。三年前に同じ二子で敗れた相手を打ち破ったのだ。

卯之助は後に「天保四傑」と呼ばれる強豪の中でも筆頭と言われる打ち手になり、幕末の碁界で大活躍する。それほどの才に溢れた青年を三年前と同じ手合で抑え込んだのであるから、観戦者の多くが因碩の力に感心したのは言うまでもない。

打ち終えて、ちらっと鉚を見た。鉚は幾分顔を上気させているように見えた。

その日は結局、言葉を交わす機会はなかったが、鉚にいい碁を見せることができたただけで満足だった。碁打ちに言葉は不要、すべては盤の上の石が語る。たとえ因碩が鉚のために打ったとわからなくとも、後で帰って碁を並べれば何かを感じ取るであろう。それが鉚の上達の一助になれば、それにまさる喜びはない。

同じ月、幕府は全国の諸藩に対して、ある法令を出した。

それは「異国船打払令」だった。これは「無二念打払令」あるいは「文政の打払令」とも呼ばれるもので、内容は、沿岸に接近する清と阿蘭陀（オランダ）の船を除く異国船は、見つけ次第砲撃し、追い返すこと。また上陸した異国人はただちに捕縛することを命じたものである。

これは数十年前から開国を要求していた露西亜（ロシア）や英吉利（イギリス）に対しての断固とした回答であった。と同時に、前年に水戸の漁師たちが欧米の捕鯨船乗組員と沖合で物々交換を行なっていたのが発覚したことから、西洋人と日本の民衆の交流を断ち切る目的で出されたものとも言われている。

因碩はそのお触れを聞いた時、言いしれぬ不安を覚えた。世界は我らが知らぬ間にどんどん変わっている。はたしてこのまま鎖国を続けていられるのだろうか。

碁においても定石（じょうせき）は刻々と変化する。これまでは正しいとされていた定石に対して新しい手が発見され、古い定石が通用しなくなった例は枚挙にいとまがない。旧例を墨守（ぼくしゅ）することがいいとは限らないのだ。局面を打開するには時に大胆な手も必要である。まして相手は世界である。今こそ、大局観に基づいた一手が求められるのではないか――。

十一

文政八年（一八二五年）六月二十八日、因碩は京極周防守高備邸において、前年、安井家の跡目となった俊哲（しゅんてつ）と打った。俊哲とは初手合だった。

この日も姉の鉚（りゅう）が観戦に来ていた。因碩は前の太田卯之助との碁と同じように、鉚に自らの碁を披露するつもりで打った。

俊哲は碁の修行にはそれほど力を入れていないと聞いていたが、いざ打ってみると、その剛力に驚かされた。父の仙知は地に辛く、後半はシノギにかける渋い棋風だったが、俊哲の棋風は父に似ず、ひたすら戦うというものだった。同じ安井門の三歳上である太田卯之助の大胆な棋風ともまるで違うが、才能は卯之助に劣らないと見た。もし真面目に精進すれば、いずれは碁界を背負って立つ男となるであろうと思った。

ただ、そのヨミも攻撃も、鋭くはあったが直線的だった。一言で言えば、若さと力に任せた碁だ。二子置かせた因碩は正面からぶつかるのは不利と見て、俊哲の攻撃をいなすようにして打った。白の老獪（ろうかい）な打ち方に、黒の攻めは空転した。

終局は夕刻前だった。因碩が若い俊哲を翻弄し、白番七目勝ちを収めた。

碁石を碁笥にしまい、観戦者の方にちらっと眼をやると、鉚と目が合った。鉚は一礼した。それは対局のお礼だったが、因碩にはそれだけではない思いが込められている気がした。因碩もまた小さく頷いた。

安井家の俊秀二人に二子置かせて抑え込んだ因碩の評判は上がった。三年前の丈和との碁、前年の御城碁での元丈との碁も合わせて、今や因碩の芸は半名人なりと喧伝された。

丈和との対局を望む声が一層高くなった。互いの贔屓筋が高額の手合料を提示して対局を所望したが、丈和はまったく打とうとしなかった。

この年も丈和の対局は記録に残る限り、わずかに二局（前年の文政七年も二局）、しかもうち一局は御城碁である。

ちなみに、この年の御城碁は次の三局である。

先番｛本因坊丈和／林元美

二子｛井上因碩／林柏悦

三子〔服部因淑
　　　安井俊哲

俊哲は二段だったが、安井家跡目ということで、この年、初出仕だった。ただ、元丈も仙知も不出場の寂しい御城碁ではあった。結果は、丈和六目勝ち、因碩中押し勝ち、俊哲中押し勝ちである。

その年の十二月、因碩は池田因幡守斉稷(いけだいなばのかみなりとし)邸の碁会で安井仙知と打った。手合は六段の因碩の先である。

この碁は因碩が仙知を圧倒し、黒番十目勝ちをおさめた。仙知をもってしても、もはや因碩の先番は抑えられなくなっていた。因碩自身もこの一番で大いに自信を得た。文政七年から八年にかけて明らかに強くなったという思いはあったが、仙知を先で完封して、それが錯覚でないことを悟った。

年が明け、文政九年（一八二六年）を迎えた。

丈和は四十歳になった。不惑の年を迎えた丈和は、自分にはもう時はあまり残されていないと思った。もし、名人を目指すなら、この三年が勝負だ。それを過ぎると、因碩には勝てぬかもしれぬ――。

ただ、名人になるには大事な条件がある。当主でなければならないことだ。古来、跡目が名人になったためしはない。したがって何としても本因坊家の当主に就かなければならない。師は三十五歳で本因坊家を継いだ。しかるに己は四十歳でいまだに跡目の身である。十一歳下の因碩はとうに井上家の棟梁となっている。しかも段位は同じ六段である。もし名人争いとなれば、跡目では圧倒的に不利である。

丈和は焦った。師は一向に隠居の話はしない。はたして隠居する気があるのかどうかもわからない。だが跡目の己が師に隠居のことを訊ねるわけにはいかぬ。

悶々とした丈和は対局をできる限り控えることで、師に対して無言の抵抗を試みた。また師家にもほとんど顔を出さなくなった。

丈和が自分に対して含むところがあるのは、元丈も気付いていた。また丈和の鬱屈した気持ちもわかっていた。不惑の年を迎えてまだ跡目というのは、本人にとっても体裁のよくないものであるのに違いない。

家督を譲ることは元丈も以前から考えていた。名門の家を背負うだけの力を丈和は十分に持っている。いや、歴代の当主の中でも出色の強さである。にもかかわらず、家督を譲る決心がつかなかったのは、丈和の人品のゆえだった。名門、本因坊家を継ぐとなれば、それだけの人物であらねばならぬと考えていたからだ。

丈和は書を読まず、学もなく、唯一の愉しみといえば博打（ばくち）という男だった。一局打ち終えた後に、すぐに花札博打に興じる（きょう）という噂は聞いていた。博打が悪いというのではないが、碁を打った同じ場所でそうしたことをするのが、元丈には解（げ）せないものだった。また言葉遣いを含む素行全体も、どこか品の欠けるところがあった。これまではそうした面に目をつぶってきたが、家督を譲るとなると、気にかかるようになってきたのだ。

もともとは丈和を跡目とすることは考えていなかった。だが奥貫智策が急逝し、その時点で一門には丈和に優る者はいなかったのだ。そして丈和はその後、恐ろしい強さを身に着けた。あの年齢からここまで強くなるとは想像もつかなかった。おそらく凄まじいまでの精進を重ねたのであろう。

しかし坊門当主となれば、碁界の誰からも尊敬を集められる碁打ちでなければならぬ──その思いがどうしても頭から去らなかった。もっとも、これは己が武家の出であるからかもしれないという意識はあった。

一方で、坊門を継ぐのは丈和を置いて他にない、とも思っていた。一門の最強者が家を継ぐことで、本因坊家は常に他家を圧倒してきたのだ。丈和はまさにその器である。己の好悪（こうお）で決まりを曲げてはならぬ。それはわかっていながら、決断がつかなかったのだ。

十二

その年の五月の半ば、芝新銭座の井上家に思いがけない客があった。安井鉚だった。

「本日は父の遣いでやって参りました」

鉚は手土産を差し出して丁寧に挨拶した。

先代の九世因砂は因碩に家督を譲ってから、井上家を出て、近くに居を構えていた。井上家では因碩が何人かの内弟子と共に暮らしていた。

「仙知殿の御用というのはなんでしょう」

因碩は鉚を広間に通して訊いた。

「俊哲に一番教えていただけないかというものです」

「それは安井家で、ということでしょうか」

鉚は頷いた。つまり手合料が出ない対局ということだ。家元同士で打つ碁にはたまにこうした碁もあった。

「ほかでもない仙知殿のお頼みとあれば、お断りするわけにはいかないでしょう。承知つかまつりました」

「ありがたき幸せにござります」

鉚は畳に両手をついて、深々と頭を下げた。

「お顔をお上げください」

因碩が言うと、鉚は頭を上げて微笑んだ。

「では、五日後に安井家に伺うということでよろしいか」

「戻って父に伝えます。それでは、これでお暇いたします」

鉚はそう言って一礼すると、立ち上がった。

「鉚殿」因碩も立ち上がって声を掛けた。「近くまでお送りしましょう」

「お気遣いには及びませんゆえ」

「いえ、ついでといっては何ですが、少し散歩をしたい」

鉚はにっこりと微笑むと、「それでは、お言葉に甘えます」と答えた。

因碩は十徳から僧衣に着替えると、鉚とともに玄関を出た。


二人は浜の御用地沿いの道を歩いた。

初夏の風が心地よかった。因碩は風よりも鉚と並んで歩いていることに喜びを覚えた。

鉚と話すのはおよそ一年半ぶりだった。その間、碁会で二度会っているが、一度も言葉を交わしていない。

初めて鉚を見たのは二年前だった。二年という歳月は鉚を一層女らしくしていた。そのことを意識すると、胸が高鳴った。

「俊哲はなかなかに強い」

因碩は言った。

「でも、因碩様に二子置いて勝てませんでした」

「一年近く前のことです。あれから俊哲も腕を上げたでしょう」

「父はそう申しておりますが、はたしてそうでしょうか」

「仙知殿がおっしゃるなら、そうでしょう」

因碩は言いながら、次の碁は負けるかもしれないと思った。才能溢(あふ)れる少年は一瞬で強くなる。

「俊哲が羨(うらや)ましいです」鉀がぽつりと言った。「好きな碁に存分に打ち込めて——」

因碩はその言葉の真意を測りかねた。

「鉀殿も碁に打ち込めるのではないのですか」

鉀はしばらく黙っていたが、ややあって小さな声で言った。

「女はいくら頑張っても家を継げるわけもありません」

因碩はどう答えていいかわからなかった。女が家を継げないのは当たり前である。それは碁の家元に限らない。そんなことに不満を抱く女がいることが信じられなかった。

「ずっと碁一筋で生きてきました。でも、いつまでも続けられるものではありません。

女に生まれたばかりに、好きな道にも進めません」

鉚の呟き(つぶや)を聞いた時、因碩ははっとした。

この世は理不尽で不公平なことばかりである。武家の家に生まれたからといって武士になれると限ったわけではない。次男以下は他家へ養子縁組の道がなければ、日陰の暮らしで一生を終える。あるいは武士を捨てて生きることになる。己のように碁の道に邁進(まいしん)できる境遇が与えられる者は少ない。だが、女にはその自由さえも許されていない――。

鉚は女の身で入段を果たしたほどである。そこに至るまでどれほどの精進をしたことであろうか。鉚が男ならば、さらに強くなっていたことだろう。あるいは弟の俊哲以上の打ち手になっていたかもしれない――。

「因碩様は――」鉚は不意に言った。「何のために碁を打たれるのですか」

その問いは因碩を驚かせた。

これまで一度たりともそんなことを考えたこともなかった。問われてみれば、碁打ちにとってこれほど根源的な問いはない。なぜ、今まで考えをめぐらせたことがなかったのか。

因碩はあらためて自らに問うた。己はなぜに碁を打つのか――。

すぐには答えが出なかった。なぜなら碁は体の一部のようなものであったからだ。物心がついた頃には、生まれた家を離れ、義父のもとで碁の修行に明け暮れていた。もはや実父母や兄たちの顔も記憶のかなただ。しかし碁の記憶は鮮明に脳裏にある。思えば、己の人生には碁しかなかった。そんな自分に、なぜ碁を打つのかと問うても、ただちに答えられるはずがない。

因碩が黙りこくったのを見て、鉚は「礼をわきまえないことをお訊ねしました。お許しください」と言った。

「いいえ、不快に思ったのではありません」因碩は言った。「ずっと考えていたのです。拙者はなぜに碁を打つのか、と。拙者にとって、碁は生きることと同じでした。すなわち息をしたり、飯を食ったりするのと同じくらい、自然なものでした」

鉚は黙って頷いた。

「打ちながら常に心にあったのは——最善の手は何かということです。無限とも思える盤上に、ただ一点、真理があるのです。それは必ずあります。どのような局面においても、真理は必ずあるのです。しかし、もしかしたら人知では見つけられないものなのかもしれません。敢えて言えば、浜の砂から一粒の砂金を見出すようなものでしょうか」

「浜の砂の中の一粒の砂金、ですか——」鉚はため息をついた。「因碩様は、その砂金の一粒を見つけられたことはございますか」

因碩は目を閉じて、これまでに打った無数の対局を脳裏に蘇らせた。

「生涯に何度か――いや、二度か三度ほど、見つけたと思ったことがあったような。しかし、はたして本当にそうであったかは碁の神にしかわかりませぬ」

「わたくしなどには到底思いも及ばない世界です。父や因碩様はそのような玄妙な世界を見ているのですね」

「仙知殿が見ておられる世界がどのようなものかは拙者にはわかりませぬ。あるいは拙者には見えぬものを見ておられるのかもしれませぬ。鉚殿に問われて、拙者にとって碁とは何かということを今初めて考えた気がします。拙者は盤上に隠れている真理を求めて打っていたのです」

「父が因碩様の碁を語っていた意味がわかったような気がいたします」

「仙知殿は何とおっしゃっていたのですか」

「因碩様の碁には妥協の手がまったくないと申しておりました。いかに形勢がよくとも、勝てばいいという手は絶対に打たないとも申しておりました。初めて聞いたときは、勝負を争う碁なのに、といぶかしく思いましたが、ようやくその意味がわかりました」

「碁はたしかに勝ち負けを争うものではありますが、それだけのものではありません。碁は芸です。芸となれば、あらゆる局面において最善の技が尽くされなければならないのです」

鉚は立ち止まって因碩の顔をじっと見つめた。因碩は鉚の目に射すくめられたように体が硬くなった。

「因碩様は――素晴らしい碁打ちです」

鉀は因碩の目を見つめたまま言った。因碩は全身がかっと熱くなるのを感じた。

「それでは、このあたりで失礼いたします」

鉀はそう言うと、深々と一礼して、立ち去った。


五月二十一日、因碩は約束通り、安井家を訪れ、俊哲と打った。手合は二子だった。

俊哲と打つのはおよそ一年ぶりだったが、見違えるほど腕を上げていた。もともと戦う碁であったが、その力が一段と上がっていた。因碩は技と手筋を駆使して戦ったが、ほとんど防戦一方にさせられた。作り終えて、黒の六目勝ちだった。

ただ盤側で観戦していた俊哲の父、仙知は内容に不服だったのか、あまり嬉しそうな顔はしなかった。鉀は小さく一礼した。

安井家を出る時、鉀が玄関まで見送りに来てくれた。

「本日はありがとうございました」

「俊哲は強くなった。今や安井家の立派な跡取りです」

「父は、所詮は上手止まりの碁と申しております」

仙知の言葉も頷ける気がした。俊哲は力は強いが、碁が激しすぎる。前へ進むばかりが戦いではない。引くことも覚えれば、八段半名人も狙える器だと思ったが、それは敢えて口にしなかった。安井家の跡目にして、仙知の息子に対してそんなことを言うのはあまりに無礼である。仙知ならばとっくに御見通しだろうからだ。

「因碩様――」

鉚は別れ際に言った。

「わたくしも叶うものなら、いつか因碩様に一局お教えいただきとう思います」

「喜んで」因碩は即座に答えた。「年が明けたら、打ちましょう」

鉚は嬉しそうに微笑んだ。そして少し悪戯(いたずら)っぽく睨みながら、「約束ですよ」と言った。

俊哲と打った翌六月、因碩は久しぶりに弟子の赤星因誠と打った。

因誠が碁盤に三子置こうとするのを、因碩は押しとどめた。

「二子でよい」

これまで因誠とは三子で打っていたが、少し前からもはや三子の碁ではないと思っていた。二子にしたのは、因誠と安井俊哲や太田卯之助とを比べてみたいという思いもあった。因誠は卯之助の三歳下、俊哲とは同い年である。いずれは彼らと烏鷺(うろ)を戦わせることになる。

三子の碁は稽古碁であるが、二子は勝負碁に近いものがある。因碩は因誠に対して本気でぶつかった。しかし因誠は思っていたよりも強くなっていた。因碩は見事に打ちまわされ、中押しで敗れた。

打ち終えて、因碩の心は喜びで溢れた。因誠には天稟の才がある。卯之助や俊哲も有望な少年だが、因誠はそれ以上である。この逸材を何としても育てなければならぬ。それが碁打ちのもう一つの使命である。

翌月、因碩は因誠に三段を許し、同時に「因徹」の名を与えた。「因徹」は因碩の育ての親であった服部因淑の若き日の名前であり、因碩自身も入段直後に名乗っていた名である。それを与えたということは、赤星因徹こそ自らの衣鉢を継ぐ者と考えていた証左である。

この年（文政九年）も丈和は因碩と手合を持とうとはしなかった。

文化九年（一八一二年）の初手合から十年間で七十局近く打ち、江戸の碁好きたちを大いに沸かせてきた二人の対決は、文政五年（一八二二年）九月の対局を最後に、ぱたりと途絶えていた。丈和が因碩を恐れているという噂が立っていたが、丈和はどこ吹く風だった。

その秋、丈和は四十歳にして初めての打ち碁集『国技観光』（全四巻）を刊行した。

打ち碁集は珍しくないが、世人を驚かせたのは、その題名であった。まず囲碁を「国技」と名付けたことだ。碁が中国から渡来したものであるというのは当時の人々も知っていた。にもかかわらず、丈和が「国技」と名付けたのは、本邦の碁が中国の碁をはるかに抜き去って日本国の芸となったという自信の現れであった。

丈和のこの認識は間違いではない。初代本因坊算砂、さらに四世本因坊道策を経て、囲碁の家元たちの切磋琢磨により、日本の碁の技量は中国を凌ぐものとなっていたからだ。もちろん当時の碁打ちたちもそうした認識は持ってはいたが、丈和はそれを堂々と自らの打ち碁集の題名に入れたのだ。

このことだけでも丈和が「日本の碁」に対して持つ並々ならぬ矜持を感じさせるが、さらに人々を驚かせたのは、その後に「観光」という言葉を付けたことである。「観光」とは「国の光を観る」という『易経』の言葉で、「最高のものを見る」という意味を持つ。つまり『国技観光』という題名を字義通りに受け取れば、「今や国技となった日本の碁の最高の棋譜がここにある」という意味なのである。言い換えれば、これは「世界最強の碁は、本因坊丈和の碁である」という宣言文でもあった。

この書は丈和が名人を目指す意思を公然と表明したものとも言える。

『国技観光』を手にした因碩は怒りに震えた。自らを最高と見做す丈和の態度ももちろん腹立たしかったが、それ以上にはらわたが煮えくり返ったのは、その書の中に、誰にも見られたくない己の碁が載せられていたことだ。

それは文政五年（一八二二年）閏一月に丈和と打った、あの第一線を八本這って逃げた無残な碁だった。これまでにも不本意な碁や悔いが残る碁はいくらでもあったが、あの碁こそは永久に封印してしまいたいほどの恥ずべき碁だった。まして因碩自身は文政七年から八年にかけて、明らかに強くなったという意識がある。『囲碁妙伝』の「文政七申年以前は芥の如し」の自嘲の言葉通りだ。因碩にしてみれば、技量未だしの時代の己の碁を載せられ、それを打ち破ったと得意気に吹聴する丈和が許せないという気持ちにかられたとしても仕方のないものだったろう。

ただ、これはいささか因碩の勇み足でもあった。というのは、丈和は因碩と打って負かされた碁も載せているからである。しかも『国技観光』に載せられた碁譜七十三局のうち三十局が因碩との碁である。丈和は因碩との碁こそ、「観光」にふさわしいものという認識を持っていたことが窺える。これは丈和が最も高く評価している碁打ちは、ほかならぬ因碩であったという証拠でもある。

また『国技観光』には前述したように四宮米蔵との十番碁などもすべて載せられている。家元と打った多くの碁を差し置いて悪名高い賭け碁打ちと打った碁を十一局も載せるのは、ある意味異様でもある。しかも自らの負け碁もすべて（四局）載せている。米蔵との十番碁こそは、負け碁も含めて、打ち盛りであった自らが心血を注いで打った傑作であるという揺るぎない自信があったからである。
とまれ、文政九年は丈和が名人位を狙っていることを露骨に見せた年と言えるだろう。
その年の御城碁の組み合わせは次の三局だった。

先 ｛安井仙知
　　井上因碩

二子 ｛林元美
　　　安井俊哲

二子 ｛林柏悦
　　　服部因淑

注目は仙知と因碩の対局だった。前年に因碩が先で仙知を完璧に打ち破ってはいたが、御城碁となれば仙知の力の入れようも違う。因碩の真価が問われる一戦でもあった。
因碩は序盤から仙知を圧倒した。中盤以降、勝負手を連発する白の手段をすべて封じ、十三目勝ちという大差で仙知を破った。この勝利で、因碩の力は半名人以上であると皆が認めた。もはや因碩の先は元丈も仙知も受けきれないだろうと言われた。

ちなみにそれ以外の二局は、安井俊哲が九目勝ち、林柏悦が十四目勝ちだった。若い俊哲と柏悦も確実に腕を上げてきていた。因碩はしかし二人の碁を見て、自分に迫るのはまだ当分先の話であろうと思った。それに、おそらく二人とも我が弟子の因徹には勝てないであろう。

十三

年が明け、文政十年（一八二七年）になった。

正月、丈和は七段上手を許された。七段への昇段は家元たちの認可が必要とされるが、長い間、段位を超えた力であった丈和であるから、この昇段はすんなりと認められた。むしろ遅すぎるくらいだった。もっとも当時の丈和は入神（九段）に近い力ありと言われていたほどであるから、七段でさえも低かった。

一月二十二日、因碩は薬研堀の安井家を訪れ、前年に約束していた安井鉚（りゅう）との碁を打った。

対局場所は安井家の道場だったが、観戦者はいなかった。もしかしたら鉚が誰にも見られたくないと言ったのかもしれない。

初段の鉚は六段の因碩に対して三子の手合だった。鉚は黙って一礼すると、碁盤の上に三つの黒石を置いた。

因碩は那智黒を持つ鉚の指のしなやかさに見とれた。思えば、女と打つのは初めてのことだった。着物の襟から覗く首元や、袖から出る腕の白さが眩しく見えた。胸の高まりを覚え、わずかに動揺した。対局前にこんな風に心が揺れるのは一度も覚えがない。心を鎮めようとしたが、うまくいかなかった。

しかし碁笥に手を入れて白石を取り、左上隅の小目に打った瞬間、すべての雑念は消え胸の高まりはおさまった。

いったん対局が始まれば、もはや相手は誰でもない。目の前にあるのは、ただ黒石と白石のみ。己は無限の変化の中から最善手を見出すだけである。たとえ相手が女人であろうと、己の打つ手は最強最善でなくてはならない。まして鉚が相手ならなおさらである。手加減しようとか手心を加えようという気は微塵もなかった。

鉚は強かった。とても女人の碁とは思えなかった。弟の俊哲を思わせる力強さで因碩の石を攻めた。因碩はしのぎつつ反撃を試みようとしたが、鉚は堅実なヨミで白の狙いをことごとく封じた。三子の手合ではなかった。

因碩はまったく勝機を見出せないままに百四十四手で投了した。

打ち終えて、碁石を碁笥に収めた後、鉚は深く頭を下げた。

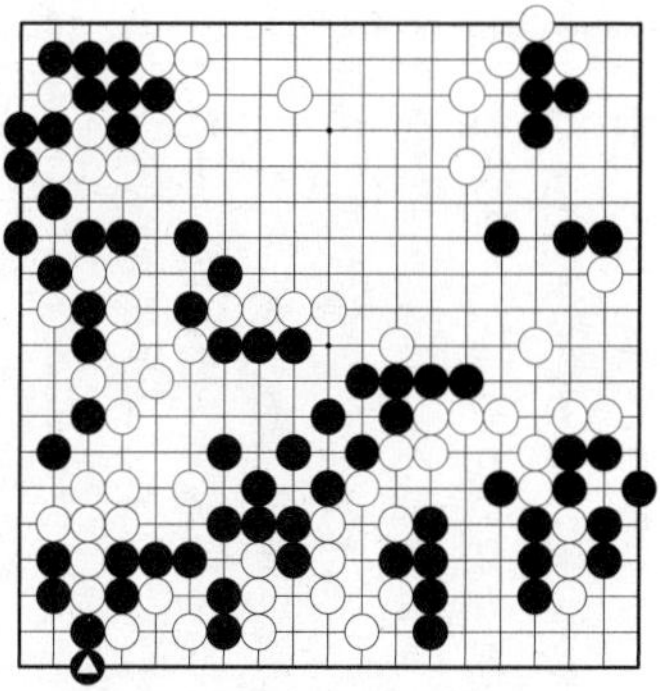

文政10年（1827年）1月22日
　　　　井上因碩
三子　安井鉚
144手△完。鉚が力で因碩を圧倒した碁と言われている

「ご鞭撻、ありがとうございました」

「こちらこそ、ありがとうございました」

因碩もまた一礼した。

「感想をお願いしてもよろしいでしょうか」

「もちろんです」

因碩と鉚は初手から石を並べ直した。

対局中も思っていたことであったが、並べ直してあらためて鉚の力に感服した。途中、因碩は黒の甘い手を指摘したが、明らかな悪手と言えるものではない。二段、いや三段くらいはありそうだった。才能は俊哲に劣らないのではないかとも思えた。

「とても強い」

感想を終えてから、因碩が言った。

「強くはありません」

「私は碁で世辞などは言いませぬ」

鉚ははにかんだように俯いた。その頰が少し赤らむのを見た因碩は、俄かに緊張した。

「でも、所詮は女――。これ以上は強くはなれませぬ」鉚は下を向いたまま言った。

「殿方が羨ましく思います。女に生まれた身を恨めしく思います」

因碩は何と言っていいのかわからなかった。

「せめて家元の家に嫁ぐことができたなら――」

因碩ははっとした。鉚を嫁に貰うことなど一度も考えたことがなかった。もし、鉚を所望すれば、父の仙知殿は許してくださるのだろうか――。

「でも、それも叶わぬ夢となりました」鉚は顔を上げて言った。「碁とは関係のない家に嫁ぐことになりました」

「そうなのですか――」

鉚は少し寂しそうな笑顔を浮かべて言った。

「家元のどこからも、望まれませんでした」

因碩は思わずうつむいた。己は何という馬鹿者だ。碁のことばかり考えて、目の前の幸福をみすみす逃した。碁には「大場より急場」という言葉がある。大場は盤面の最も大きい場所だが、それよりも大事なのは今この瞬間を逃してはならないという急場である。こんなときにも碁の喩えが脳裏に浮かぶ己が恨めしかった。

「お幸せになってください」

因碩はやっとの思いでそれだけ言った。

「ありがとうございます」

鉚はそう言って頭を下げた。それから顔を上げて言った。

「因碩様がいつか大望を遂げられますようにお祈りしております」

鉚と別れて家に戻った因碩は、己には碁しかないと悟った。同時に生涯妾も持たぬと誓った。そうした世人の愉悦には浸るまい。女の笑顔に楽しみを見出し、子の成長に喜びを覚えるという日常が、碁の修行に益になるはずがない。碁の道に進むと決めた日から、そうしたものは己には無縁と思っていた。己にとっては、碁こそが妻であり、弟子こそが子である。妾を持ち、博奕にうつつを抜かす丈和などには負けぬ――。

因徹を鍛え抜こう。あの少年をいつかは己以上の碁打ちにして見せる。それが己の務めでもある。


二月二日、平河町にある旗本の沼新兵衛宅の碁会で因徹と打った。井上家でなく碁会の場で弟子と打ったのは、多くの碁好きたちに赤星因徹を披露する意味でもあった。

因徹とはこれまで二子（四段差）で三局打ち、因碩はすべて敗れていた。この碁に負けると先二（三段差）に打ち込まれることになる大事な一局だった。

因碩にしても容易には打ち込ませるつもりはなかった。いかに秘蔵弟子とはいえ、二子で四番棒に負けるわけにはいかぬ。

ところが因徹の厳しい攻めの前に、因碩は百四十八手で投了した。これで四局すべて中押しで敗れたことになる。向こう二子で一局も入らなかったことは意外だったが、その結果には大いなる満足と喜びがあった。やはり因徹の才能は本物だ——。

観戦者たちの多くは初めて見る赤星因徹の強さに驚くと同時に、その名を頭に刻み込んだ。

帰り道、因碩は因徹に言った。

「本日の碁も見事であった」

「恐れ入ります」

「まさか二子で一番も入らぬとは思ってもみなかった」

「たまたまでござります」

「たまたまで四番続けては勝てぬよ」

因碩が笑ってそう言うと、因徹は恐縮した。

「まことに後生畏るべし、だ。井上家の先行きは明るい」

「有り難きお言葉に背くことなきように、なお一層修行に励む所存です」

因碩は頷いた。

「だが、体に無理はかけるな」

因徹が毎夜、ほとんど寝ないで碁を並べているのは因碩も知っていた。夜中に厠にいくために廊下を通ると、いつも因徹の部屋から行灯の光が漏れていた。

「大丈夫でございます」

因徹は笑顔を見せて言った。因徹は背が高い。五年前に井上家に来たときは因碩よりもはるかに小さな子供だったが、今では因碩が見上げるほどの背丈になっていた。ただ、因碩のがっしりした体に比べて、痩せていた。

「碁打ちは体力も勝負のうちだ。ゆえによく食べ、寝ることも、大事だ」

「はい」

因徹は神妙な顔で頷いた。


因碩は六日後、井上家で再び因徹と打った。この碁は先二に手合が直った一局目で、因徹の先番だった。

白の因碩は自在に打ち回し、わずか百八手で因徹を退けた。

その二日後、二子置いた因徹が中押しで勝った。因碩は、二子ではもはや因徹には容易に勝てぬと悟った。しかし先番ではまだ差がある。おそらくしばらくは先二の手合で打つことになるだろう。

ところが三ヶ月後の五月十三日、旗本の佐藤五郎衛門宅の碁会で、因碩は因徹の先番に敗れた。

因碩は驚喜した——因徹こそ本物の天才である。先二に手合が変わってからわずか三ヶ月で先番をものにした。長足の進歩どころではない。大才がいよいよ花開こうとしているのだ。

この年（文政十年）、因碩の碁譜は八局残されているが、うち五局が赤星因徹との碁である。家元の当主が弟子とこれほど連続して打つことは滅多にない。いかに因碩が真剣に弟子の薫陶に力を注いだのかがわかる。

十月、因碩の七段昇段が認められた。丈和に遅れること約十ヶ月（この年は閏六月があった）である。同時に林元美も七段が認められた。因碩も元美も家元の当主であり、丈和の七段との釣り合いを取るため、家元同士の談合による昇段であった。ただ因碩に関しては、丈和と同じく七段昇段は遅すぎたくらいだった。

因碩はようやく丈和に並んだと思った。いよいよ勝負だ。

文政十年（一八二七年）十二月十二日、碁界を驚かせる出来事があった。

本因坊元丈が五十三歳で退隠し、四十一歳の丈和が家督を継ぐことが決まったのだ。

元丈は近年ほとんど手合を持たず、文政七年（一八二四年）以降は御城碁にも出仕せず、一部では隠退が近いのではないかと噂されていたが、当代一の碁打ちの隠退はやはり人々に衝撃を与えずにおかなかった。

　時の流れとはいえ、かつて「元丈・知得」と並び称され、一時代を築いた英傑の一人が表舞台から去るのは江戸の碁好きたちを悲しませた。


　その年の暮、安井家にふらりと元丈がやってきた。仙知は自室に招き入れた。

「とうとう元丈も隠居したか」

　仙知は寂しそうに言った。

「すまぬ」

　元丈は頭を下げた。

「謝ることはない。俺ももう五十を超えている。隠居してもおかしくない年だ。先代の仙角仙知殿は五十一歳で隠居し、俺に家督を譲られた。それを思えば、俺はいつまで未練がましく当主でいるのかと思う」

　仙知は自嘲気味に言った。

「ただ、跡目の俊哲はまだ十八歳、しかも段位は二段。まさかその段位で安井家の棟梁にするわけにはいかぬ」

　元丈は何も言わなかった。

「丈和という素晴らしい後継者がいたお前が羨ましいぞ」

「うむ」と元丈は頷いた。「丈和はたしかに強いことは強い」

「碁打ちは強ければよい。ほかには何もいらぬ」

「そうかもしれぬな」

二人はしばらく無言だった。

「それはそうと、これからどこに住むのだ」

「湯島に家を借りた。本因坊家ほどの屋敷ではないが、家族と住むには十分だ。姓も元の宮重（みやしげ）に戻る」

「宮重元丈か——いいな。俺はもう元の中野姓には戻れない」

本因坊家は安井家、井上家、林家の三家と違い、「本因坊」が正式な苗字ではない。「本因坊」はあくまで名跡であり、当主を隠退すれば、還俗（げんぞく）して元の名を名乗ることになっていた。他の三家は文字通り「家」であるから、当主も死ぬまでその姓を名乗る。

「もう元丈と打つこともないのだろうな」

「最後に打ったのは文化十二年乙亥（きのとい）の御城碁だったな。俺の白番で、二目負けた。あれからもう十二年になる」

「そんなになるか——」仙知は遠い目をして言った。「もう一度、元丈と打ってみたい」

「隠居した碁打ちの碁を見たいという酔狂者はいない」

元丈は笑って言った。

「主催者がいなくとも碁は打てるぞ」

「それはそうだな」

「打つか」

仙知の言葉に、元丈はにっこりと笑った。

「では、一局ご指導いただこうか」

第六章

天保の内訌（ないこう）

一

年が明けて文政十一年（一八二八年）になった。

正月、本因坊家を継いだ丈和が八段を認められた。これは元丈の推薦を受けて仙知が許したことだった。

仙知も丈和の力は知っていた。これまで丈和は元丈の八段に対して段位を抑えられていたが、元丈が隠居したからには、実力相当の段位を与えようというものだった。碁界の長老格であり唯一の八段である仙知が認めたとあれば、他の家元も異存の声をあげることはできなかった。

丈和は、ついにここまで来たか、と思った。ここにいたる日々が脳裏を走った。

初めて本因坊家を訪れたのは二十八年前、十四歳の時だ。兄弟子の智策のまばゆいまでの才を目の当たりにして、茫然としたことは今も忘れない。

狼藉を働いて破門を申し渡され、人足寄場に落ちたこともあった。再び入門を許された後は愚直なまでに碁に打ち込んだ。しかしなかなか強くなれなかった。この世界は才能がすべてという残酷な世界だ。八段半名人になるほどの碁打ちは、たいてい二十歳までに六、七段になっている。己がようやく四段になったのは二十二の年だ。

翌年に十歳下の桜井知達と打ち、その才の違いに愕然とした。後に知達の一つ下の立徹（因碩）と打ったときはさらに驚かされた。己はこれからこの恐るべき少年たちと戦っていかねばならぬかと思うと、絶望的な気持ちになった。いや、それは恐怖に近かった。だが逃げるわけにはいかなかった。碁以外に生きるすべのない己は、碁に精進するしかなかったのだ。

兄弟子の智策が存命であれば、坊門を継ぐことは叶わなかったであろう。そうなれば、今頃は江戸の町で碁の道場を開いているか、あるいは四宮米蔵のように諸国を回る賭け碁打ちになっていたかもしれぬ。

だが、と丈和は思った。今は名門、本因坊家の当主である。段位も八段半名人。ここまできたら、狙うはただ一つ——名人である。

丈和が八段に昇段したことで、因碩は大いに焦った。

まさかたった一年で丈和の八段昇段が認められるとは思っていなかった。七段と八段では段位の重みがまるで違う。それに八段半名人となれば、名人願いを出すことができる。おそらく丈和は近いうちにそうするやもしれぬ。このまま手をこまねいていれば、最悪の事態にもなりかねない。

因碩は義父の因淑に相談するために、浜町の服部家を訪ねた。

息子の危惧を聞いた因淑は「お前の恐れる通りだ」と言った。

「おそらく、丈和は近いうちに名人碁所の願書を出すであろう」

「父上もそう思われますか」

因淑は頷いた。

「二年前に刊行した『国技観光』の書名からもわかるように、明らかに己が第一人者であると宣言しておる。名人碁所を意識したものであるのは自明」

「あのような傲慢極まる題を付けるとは――」

因碩は苦々しい顔で言った。

「名人は本来、他から隔絶した強さを持った者とされる。また人としても優れた者でなければならぬとされていた」

因淑の言葉に因碩は頷いた。

「元丈殿と仙知殿は両人ともに、棋力も品格も名人の器であったが、二人とも他から隔絶した打ち手に非ずとして、それを望まなかった」

「感服するほかございません」

「まさに両人ともに碁打ちの鑑と言える。だが――」と因淑は言った。「はたしてそれでよいのかと思う。棋界には、名人は自然に生まれるものという考えがあった。しかしそれでは名人などは生まれない。棋界に四十年も名人が生まれていないのはそれゆえであろう」

「父上は何をおっしゃりたいのでしょうか」

「名人は生まれるものではなく、取りに行くものであると思う」

その言葉に因碩は衝撃を受けた。名人は取りに行くもの――。

「かつて九世本因坊察元殿は、争碁も辞さずとして昇段を勝ち取り、名人も争碁で奪い取った。その昔、二世安井算知殿の名人碁所を阻止せんと、本因坊道悦殿が命を賭して戦った歴史もある」

「道悦殿は、負ければ遠島を申しつけると言われても戦いから逃げなかったと聞いております」

「その通りだ。本来、名人をめぐる争いは、かくのごとく血みどろの戦いであるべきなのかもしれぬ。棋界は長い間、元丈殿と仙知殿という二人の君子がいたおかげで、おだやかな海だった。しかし今、元丈殿が去り、数十年ぶりに嵐が訪れようとしているのかもしれぬ」

因淑は腕組みすると、険しい目をして言った。

「丈和が名人願いを出した時は、おそらく他の家は故障を唱えるであろう」

「井上家は当然、承知いたしませぬ」

「となれば、必然、争碁となる。さすれば、丈和の相手となるのは、安井仙知殿か井上因碩をおいてない。林元美殿では丈和に敵(かな)うまい」

　因碩は黙って頷いた。

「ただ、問題は——」そう言って因淑は苦い顔をした。「七段であるお前が八段相手に争碁をしても、互先では打てぬことだ。また、勝って名人を阻止できても、名人にはなれぬ」

「はい」

「争碁の時には、お前も八段になっていなければならぬ」

「おっしゃる通りです」因碩は答えた。「ただ、それがしが七段になったのは昨年の十月です。八段昇段は簡単には認めてもらえないでしょう」

「たしかに昇段となれば、相応の相手と打って、それなりの成績を残さねばならぬ。しかし元丈殿は隠居し、仙知殿も近頃は滅多に手合はせぬ。また丈和は打たぬときているから、手合による昇段は難しい」

　因淑は目を閉じて腕組みした。しばらく黙考していたが、やがて目を開けると言った。

「この件はわしに任せろ」

　ここからの服部因淑の動きは謎に満ちたものになる。

『坐隠談叢(ざいんだんそう)』には「文化文政の暗闘」「天保の内訌(ないこう)」という二つの見出しで十数ページ

にわたって、因淑の行動、および名人をめぐる丈和と因碩の水面下の争いが詳細に記されている。時代は文政十一年以降の話なので、「文化文政」という見出しはおかしいが、著者である安藤如意（あんどうにょい）は、二人の戦いはすでに文化時代から始まっていたという認識を持っていたのかもしれない。

長い間、権謀術数と無縁であった碁界は、文政十一年が明けると同時に、名人碁所をめぐって四つの家元が巻き込まれていくことになる。

二

文政十一年（一八二八年）一月某日、服部因淑は本因坊家を訪ねた。

碁界の長老の訪問に丈和は驚いたが、丁寧に座敷に通した。

因淑はまず本因坊の家督相続と八段昇段の祝いの言葉を述べ、祝儀の品を献上した。丈和は恭（うやうや）しくそれを受け取り、礼を述べた。

二人はしばらく雑談したが、話が途切れたとき、ふと因淑が思い出したように自らの半生を口にした。

「それがしが棋界に身を投じたのは今より五十六年前の、明和九年でござる。井上家の四代前の当主である春達殿が我が師匠でござった」

「本因坊家は察元名人が当主であった時代でござるな」

「それがし幼少の頃ゆえ、察元名人には教えていただく機会がなかったことは今にして思えば残念至極なことでござります」

「拙者が坊門に入った頃には、察元殿はすでにお亡くなりになられていた」

「これでも若い頃はひとかどの打ち手になろうと修行したものでござる」

「何をおっしゃいますか。因淑殿は若き日、鬼因徹と恐れられたほどの打ち手になられた方ではござらぬか」

丈和は頷いた。

「そんな風に呼ばれていた頃もあり申したが、その頃でさえ三つ下の仙角仙知殿には歯が立たなかった。いや、仙角仙知殿こそはまさしく天賦（てんぷ）の才を持った碁打ちであった」

「その後、元丈・知得という大才が出で、棋界はますますの隆盛を遂げた。ふと気づけば、この因淑もすでに老境に達したる年齢となりました」

この年、因淑は六十八歳、当時としては異例の高齢である。

「因淑殿はまだまだご健勝の身。羨（うらや）ましい限りでござる」

「いやいや、もう老体でござる。棋界は今、大変な盛況であるにもかかわらず、情けないことにもはや何の役にも立ちませぬ。それに比べて、丈和殿は名門の棟梁であり、八段半名人とあれば、棋界の盟主としての役割も大なりと存じます」

「それがしはまだまだ若輩者でござる。因淑殿のご鞭撻を仰ぐばかりでござります」

丈和はそう答えながら、はたして因淑は何を言おうとしているのかと内心で訝った。単なる昔話に花を咲かせるために来たのでないことはたしかだ。

「丈和殿こそ、近い将来、名人碁所になるべき器と拝見しております」

因淑の口から「名人碁所」という言葉が出されたのを聞いた時、丈和の体に緊張が走った。

「もし、丈和殿が願書を出された場合、はたして他家はどうでるか。林家は、当主が本因坊烈元殿の弟子であった元美殿ですから、おそらく反対の声は上げぬでしょう。井上家もまたなんら故障を唱えるつもりはないと因碩も申しておりました」

「因碩殿は反対するのではないですか」

「それがしもそう思い、先日、直接、因碩に訊ねたところです。すると因碩は、我は丈和殿よりも十一歳も下、技量もまた同格ではない。ゆえに反対する道理がないと申しておりました」

「それは本当でござるか」

因淑は頷いた。

「因碩はまたこうも申しておりました。棋界には名人碁所が必要である。碁所あっての棋界である。碁所不在が長く続けば、いずれ将棋界に隆盛を取って代わられる恐れもある、と」

「しかり」と丈和は答えた。「察元師が亡くなって以来、棋界は四十年も碁所を出していない。これはゆゆしき事態であると言えなくもない」

「その通り。今は家同士で争うよりも、もっと高所から考えるべきだと因碩も申しておりました。それには丈和殿が名人碁所に就くのが一番であると」

因淑はそこで少し顔をしかめて言った。

「ただ、丈和殿の名人碁所願いに対して、唯一反対するとなれば――安井仙知殿でござりましょう」

丈和は頷いた。まさに因淑の言う通りで、己の名人碁所の最大の障壁は安井仙知であろうと考えていた。

「仙知殿は、名人碁所はすべての碁打ちに推されてなるものという信念を持っておられるゆえ、そもそも願書を出す行為そのものを認めぬでありましょうな」

丈和はそう言って笑ったが、因淑はにこりともせずに言った。

「もしも丈和殿が名人碁所の願書を出し、それに対して仙知殿が反対すれば、それがしと因碩で仙知殿を説得いたそうと考えておる次第です。棋界の繁栄と将来を見つめるべきであると――」

丈和も真剣な表情になって因淑の言葉を聞いていた。

「しかし七段のそれがしと因碩では、八段の仙知殿に対し、対等にものが言えません。仙知殿を説き伏せるためには、因碩も八段に上っていなければ、都合が悪いこともたしかでござります」

丈和にも因淑の意図が見えてきた。要するに井上因碩の八段を推挙してほしいというものだ。

まことに都合のいい考えだったが、ここで無下に断れば、井上家と服部家をも敵に回すことになる。因淑は棋界の最長老で、仙知さえ一目置く存在だ。恩を売っておいて損はない――。

「お話はすべてわかり申した」

丈和は答えた。

「因碩殿の八段昇段の件、内々ではありますが、承諾いたしました。来たるべき家元の集まりで因碩殿を八段に推挙いたしましょう」

「ありがたきお言葉です」

因淑は畳に手をついて礼を述べた。

本因坊家を辞した因淑はその足で井上家に赴き、丈和との話を因碩に伝えた。

「まさか丈和が私の八段昇段を承諾するとは思いませんでした」

因碩は意外な成り行きに若干戸惑いながら言った。

「おそらく寸時に損得勘定をしたのであろう。ここはひとまず井上家と服部家を味方にしておこうという魂胆であろう」

「しかし、八段昇段となりますと、いかに丈和が推挙したとしても、仙知殿が反対すれば認められぬでしょう」

「心配には及ばぬ。それも手を打っておく」因淑は言った。「それよりも、お前は来たるべき一戦に備えて精進を怠るでないぞ。それと因徹を鍛えることを忘れるな。あの子はいずれ棋界を背負って立つ大器だ」

「かしこまりました」

翌月の二月四日、因淑は安井家を訪れた。

因淑は時候の挨拶を終えると、いきなり切り出した。

「本日、こちらに参りましたのは、井上因碩の昇段を認めていただきたい旨をお願いするためでございます」

これには仙知も驚いた。

「すでに本因坊丈和殿には内諾をいただいております。後は仙知殿さえお許しいただければ、因碩は八段になれます」

「因碩殿は昨年の冬に上手になったばかりではござらぬか。昇段してわずかに四ヶ月、しかもその間、一局も手合を持たれていない。八段の重き地位に進まんと欲するのは、非分の誹りを免れざると存ずるがいかに」

芸に厳しく謹厳な仙知ならではの答えだったが、因淑はなおも言った。

「おっしゃることはもっともではありますが、因碩はもともと上手になるのが遅すぎたのです。すでに半名人の力ありと世人の多くは言っております」

「他人の言は知る由もない」仙知は頑として言った。「それがしは十局ばかりの手合を持った上で、見定めたいと思いまする」

因淑はしかしいささかも慌てることはなかった。仙知ならば、そう答えるであろうと思っていたからだ。

おもむろに懐から一枚の書状を取り出して、仙知の前に置いた。

「これは何か」

仙知が訊ねた。

「争碁の願書です」

「争碁とは、何に対してのものか?」

「因碩の八段昇段に対して不服とあれば、争碁で決着をつけるしかないでしょう。古来より、昇段における争碁は幾例もあります」

日頃穏やかな仙知の顔がみるみる怒りで真っ赤になった。

「そこもとは初めからかような願書まで持参して参られたのか」

「仙知殿に承服していただけるなら、むろんこれを出すつもりではございませんでした。しかし断固反対となれば、こうするよりほかはありません。この書状に署名していただければ、それがしはただちにこれをもって月番寺社奉行の堀大和守様に提出する所存でございます」

仙知はすっくと立ち上がった。

「そんな書状に署名するつもりなどない。因碩が拙者と勝負をしたければ、それを寺社奉行へ出せばよかろう。寺社奉行が命ずるなら、この安井仙知、いつでも受けて立つ！」

怒気鋭く言い放つと、座敷を立ち去った。

この事態にも因淑は慌てることはなかった。仙知の対応も読みのうちだった。いや、敢えて怒らせるように話を進めたのだ。

これで争碁の願書を寺社奉行に提出すれば、仙知と因碩が戦うことになるだろう。争碁となれば、八段の仙知に対して七段の因碩は先々先の手合である。いかに仙知と言えど、今の因碩の先はとても受けきれぬであろう。仙知とは文政八年と九年に二局打っているが、いずれも先番で圧倒している。かりに因碩が白番を落とすことになっても、八局目で四番勝ち越して互先に打ち込むことが出来る。すると、先に丈和の内諾を得ている因碩は晴れて八段になれる。となれば、丈和と並ぶことになり、名人争いで同じ位置に立つことができる――。

因淑は安井家を出ると、その足で本因坊家を訪れた。安井家のある両国の薬研堀(やげんぼり)から本因坊家のある本所相生町(ほんじょあいおいちょう)まではすぐである。

因淑は丈和に安井仙知との話をした。そして、もし因碩が仙知に争碁で勝てば、丈和が因碩の八段を認めるようにあらためて念を押した。

丈和はその話を聞いて、ふと疑念を抱いた。因淑と因碩の狙いは、あるいは己との争碁ではないか。だとすれば因碩を八段にするのは危険である。

「因淑殿、その件であるが――」

と丈和はおごそかに言った。

「因碩殿を八段に推挙すると申し上げた言葉に二言はない。ただ、それはただちにというつもりで言ったのではござらぬ。二、三年の時を経て、というつもりで申し上げたことでござる」

因淑は心のうちで、しまったと呟いた。いささかことを急ぎすぎたか。

内心の動揺を抑えて、「それは承知の上でござる」と答えた。

「仙知殿との争碁もすぐに始まるわけではないし、はたして何番勝負になるものかもわかりません」

「その時が来たれば、因碩殿を八段に推挙するにやぶさかではござりませぬ」

「かたじけなく存じます」

因淑はそう言って本因坊家を辞した。


因淑が去った後、丈和はあらためて状況に頭を巡らせた。

井上因碩と安井仙知が争碁をするということは、本因坊家にとってはむしろ都合のいいことではないかと考えた。争碁となれば、一年では終わらない。番数にもよるが、二年や三年は楽にかかる。もしかするともっとかかるかもしれぬ。だとすると、その間は自分を脅かす者はいないということだ。その間に名人になってしまえば、すべては終わる——。それにうまくいけば、仙知が因碩を破ることもある。そうなれば因碩は名人争いに大きく後れを取る。仙知が勝っても、恬淡な仙知は名人願いなど出さないであろう。

ただ、気になるのは服部因淑である。あの老人が何をたくらんでいるのか、これを見定めないことには安心はしていられない。

丈和は若い弟子を呼び、林家に遣(つか)いに出した。もとは本因坊家の門下で今は林家の当主である元美(げんび)の知恵を借りたいと思ったからだ。博学であり知恵者でも知られる元美なら、いい考えを授けてくれるかもしれぬ。

翌五日、林元美が丈和を訪ねてやってきた。

元美はかつて本因坊烈元の弟子であり、丈和の兄弟子にあたることから、坊門との関係は悪くない。年齢は丈和より九歳上の五十一歳で、これまでも丈和の相談相手となっていた。

丈和から話のあらましを聞いた元美は言った。

「因淑殿の狙いは井上因碩を名人にしようというものだろう」

「やはり、そうか」丈和は言った。「しかしなぜ、服部家の因淑殿がそこまで井上家に肩入れするのか」

「血のつながりはないとはいえ、もとは因碩の父だった男だ。因碩をあそこまで育てたのも因淑殿だ。請われて井上家に養子にやった今も、我が子と思っているのであろう。いくつになっても子は可愛いものよ」

丈和は頷きながら、父とはそういうものかもしれぬと思った。

「因碩には、仙知殿と争碁をして勝てる自信があるのだろう。因碩はまず仙知殿を踏み台にして八段になり、その後に、お前と同じ八段ということで、名人の座を懸けて互先で争碁を打つつもりなのであろう」

丈和は苦々しい顔で「それが狙いか」と言った。

仙知と因碩の戦いは、互先ならどうかわからぬが、先々先の手合なら因碩が有利だ。因碩のこの数年の進境は凄まじい。六年前の文政五年（一八二二年）に打った最後の碁において味わった恐怖は今も脳裏にこびりついている。この男の先番はとても受けきれないと思った瞬間だった。

同じ文政五年以降、仙知も因碩の先の碁を三度打ち、すべて負けている。内容も因碩の完勝だった。もし争碁を打てば、おそらく仙知は互先に打ち込まれるであろう。すると、因碩は八段に昇段する——。

仮にそれが三年後とすると、三年後には因碩と争碁を打つことになるやもしれぬ。その時、己は老境に差し掛かる四十半ば、体力も落ちている。逆に因碩は打ち盛りの三十半ばだ。これはどう見ても不利な戦いになる。なれば、それまでに何としても名人の座を射止めなければならぬ。

「ぐずぐずしている場合ではないな」

元美の言葉に、丈和は「うむ」と言った。

「因碩の狙いが読めたなら、こちらも動かねばならぬぞ」元美は言った。

「どう動くのだ」

「ただちに名人碁所の願書を寺社奉行に提出するのだ」

丈和は驚いた。まさかいきなり名人碁所願いを出すという話になるとは思っていなかったからだ。願書提出には、多くの根回しが必要となる。

「もはやあまり猶予はない。時が流れれば流れるほど、因碩に有利な風が吹く」

元美の言葉に、丈和は「その通りだ」と言った。

「これは戦いだ。戦においては、疾きこと風の如く、である」

丈和は頷いた。

「願書には、この林元美が添願人となろう」

「おお、林家の当主である元美殿が添願人となってくれれば、心強い」

丈和は思わず身を乗り出した。

元美は段位こそ七段だったが、碁打ちには珍しい学識の持ち主であり、また父が水戸藩士だった関係で水戸藩が後援となっていたことから、寺社奉行からも一目置かれている存在だった。添願人として大いに力強い味方だった。

「拙者の師は先々代の烈元殿である。旧家から名人が生まれることは誇らしいことであるし、林家にとっても歓迎すべきことである。また長らく名人碁所不在であった棋界にとっても、碁所の誕生は祝うべきことだ」

「恐悦至極にございます」

丈和は深く頭を下げた。

「いや、礼には及ばぬ。これは旧家に対する報恩であり、棋界の繁栄のためであるゆえ」

「元美殿のご厚情にどう報いていいものか――」

丈和の言葉に、元美は「お心遣いは無用にて」と言った。

「それでは気が済みませぬ」

「そこまで言ってくださるなら、ひとつ願いを申し上げてよろしいか」

「存分に」

「もし、そこもとが名人碁所に就位された暁(あかつき)には、不肖(ふしょう)林元美を八段に推挙していただければ、これに優る喜びはない」

しばし、二人の間に沈黙があった。

ややあって、丈和は小さく頷いた。

「名人碁所になれば、他家の碁打ちの昇段の権限もすべて与えられます。元美殿の御恩に八段推挙で応えましょう」

「おお」と元美は声を上げた。「それはまことでござるか」

「しかり」

丈和は神妙な顔でそう答えながら、心のうちで、この古狸め、と呟いた。口先ばかり美しい言葉を吐きよって、内心は己の昇段を狙っていたのだ。元美に八段の力はとてもない。にもかかわらず元丈師と仙知殿と同段になりたいなどというのは、あまりにも厚かましい。いや、それは碁の芸に対する冒瀆(ぼうとく)だ。

しかし丈和はそんな気持ちはおくびにも出さず、恭しく頭を下げると、あらためて元美に礼を述べた。こんな古狸でも利用できるものは利用しようと考えたのだ。使える石はすべて使う。碁はたとえ死に石でも手筋によっては威力を発揮するが、盤外であっても同じことだ。

翌六日、丈和は元丈を訪ねた。

元丈は家督を譲ると同時に、本因坊家を出て、湯島天神男坂下町（現・東京都文京区湯島）に屋敷を借りて妻と暮らしていた。ただ、息子の丈策は本因坊家で内弟子として生活していた。

元丈は元弟子を温かく迎えてくれた。丈和は中庭が見える奥の座敷に通された。

「立派な屋敷ですね」

丈和が感心したように言った。

「稲垣殿が提供してくれたものだ」

稲垣太郎左衛門は元丈の後援者の大名の一人だった。元丈はその人柄も相まって多くの贔屓筋がいた。

「二人暮らしには少し広すぎる家だが、隠居した今も贔屓筋がちょくちょく訪れるので、これくらいでちょうどいい」

どうやら今も、元丈に稽古をつけてもらいに多くの人が来ているようだった。

「一杯飲むか」

元丈が盃(さかずき)を差し出したが、丈和は遠慮した。元丈は気を悪くした風もなく、自分で酒を注いで飲んだ。相変わらずの剣菱(けんびし)である。

「ところで、わざわざこの家を見に来たわけでもなかろう」

「実はご相談したいむきがあり、参上いたしました」

「あらたまって何だ」

丈和は意を決して言った。

「名人碁所願いを提出したいと考えております」

元丈はさすがに驚いた顔をした。

丈和はこの数日来の出来事を詳しく話した。元丈は黙って聞いていたが、丈和が話し終えると、静かに言った。

「お前が望むようにやればよかろう」

「お許し願えるのですか」

「本因坊家の当主はお前だ。すべての采配(さいはい)は棟梁の一存で決めるがよい」

「師匠が望まなかった名人碁所を、不肖の弟子である私が望んでもよいのでしょうか」

元丈はじっと丈和の目を見つめた。

「弟子が師匠と同じ碁を打つとは限らないように、生き方もまた同じだ。弟子には弟子の生き方がある」

「ありがたきお言葉にございます」

元丈は徳利から盃に酒を注ぐと、旨そうにそれを空けた。

「ひとつ訊いておきたいことがある」元丈は丈和の顔を見て言った。「お前にとって、碁とは何だ？」

「修行半ばの身で碁を語るなど、畏れ多いことでございます」

「かまわぬ。申せ」

「ならば申し上げます」と丈和は言った。「碁が芸を競うものであることは承知しております。しかしながら、書画のごとく芸だけで成り立つものではないとも考えております。なぜならば、碁は勝負を争うもの。したがいまして、勝つことが、優れた芸であると存じます」

「勝つことが優れた芸か――」

元丈は呟くように言った後、丈和に訊ねた。

「すると、お前にとって、最善の一手とは何だ」

「勝ちに結びつく手こそが、最善、最強の一手と信じております」

元丈は丈和の目を見つめながら黙って頷いた。

しばしの沈黙の後、元丈は「丈和よ」と言った。

「お前は自分の信ずる道を行けばよい」

「かたじけなく存じます」

丈和は頭を畳に擦り付けるようにして平伏した。

「よい。頭を起こせ」

丈和が顔を上げると、師匠がにっこり笑っているのが見えた。しかし、ふと寂しそうな表情を浮かべた。

「知得にはきついことになりそうだな」

そう言って中庭を眺めた。丈和は、師匠が長年の友である仙知のことを斟酌しているのがわかった。丈和は次の言葉を待ったが、元丈はそれっきり何も言わなかった。

翌二月七日、丈和は林元美の添願書を添えて、寺社奉行に名人碁所就位の願書を提出した。

明和三年（一七六六年）の本因坊察元以来、六十二年ぶりの名人碁所の願書に、碁界は騒然となった。

因淑はすぐに因碩のもとにやってきた。

「丈和の奴め、まさかこんなに早く願書を出すとは思わなかった」

因淑が悔しそうに言った。

「林元美が添願人になっているので、あるいは元美殿の入れ知恵かもしれません」

「おそらくはそうであろう。だが、それにしても動きが早すぎる。家督を継いでわずか二ヶ月で名人碁所の願書を出すとは――隠居された元丈殿も驚かれているのではないか」

「寺社奉行は認めるでしょうか」

因碩が訊いた。

「すんなりと認めるとは思えぬ。少なくとも井上家は反対する。安井家も同じく反対するだろう。そうなれば、仙知殿と丈和の争碁になだれこむことになるやもしれぬ」

父の読みは間違っていないと因碩は思った。元丈が退隠した今、棋界に八段は仙知と丈和の二人だけである。丈和の名人に仙知が故障を唱えた場合、丈和と仙知が戦うのは必然の流れであると言えた。そして因碩にとって最も恐ろしい事態は、八段である丈和と仙知の戦いで勝った者が名人碁所になるという争碁に発展することだ。そうなれば七段の己は、その戦いには最初から蚊帳(かや)の外に置かれてしまう――。

因碩は己が今、最大の窮地(きゅうち)に追い込まれていると悟った。同時に、これは一世一代の戦いであると思った。この戦いに敗れれば、碁に費やしてきた生涯がすべて無駄になる。

孫子ならば、と因碩は思った。これをどう戦うか――次の瞬間、「兵は詭道(きどう)なり」という『孫子』の言葉が脳裏に走った。戦いとは畢竟(ひっきょう)騙(だま)し合いであり、いかに敵の目を欺(あざむ)

くかが大事であり、状況によっては所期の作戦を変えることもある、という意味である。

それだ、と因碩は思った。

「父上、私に考えがあります」因碩は言った。「この状況を逆に利用すれば、あるいは回天の目が生まれるやもしれませぬ」

「それはいかなるものか」

因碩がその考えを打ち明けると、因淑は大きく頷いた。そして呟くように言った。

「兵は詭道なり、か――。『孫子』とは恐ろしいものだな」

三

義父の服部因淑と謀を終えた井上因碩は、三日後の二月十日、一人で安井家を訪れた。

「先日は、我が父、因淑が仙知殿に対して数々の非礼を申し上げ、誠に申し訳ありませんでした」

因碩は深く陳謝した。

「父は息子であるそれがし可愛さのあまり、盲目となりし有様。後日、父から仙知殿へのご無礼の数々を聞き、慚愧に堪えない思いでありました。争碁願いのことはそれがしのまったく与り知らぬことでござりました。後でそれを知り、願書はそれがしが破り捨てましてござります。何卒、お許しください」

因碩はそう言いながら、ひたすら頭を畳にこすりつけた。

仙知は因碩の真摯な謝罪に心を動かされたか、「頭をお上げなさい」と言った。それでも因碩は平伏したままだった。

「いくつになっても子は可愛いもの。子の親であるわしにもその気持ちはわかる。因淑殿もその思いが強く、つい言葉が過ぎたのであろう。しかし因碩殿には何ら含むものはござらぬゆえ、頭を上げてくだされ」

そこまで言われて因碩はようやく頭を上げた。

「父の非礼をお許しいただけますでしょうか」

「許す」

「有り難きお言葉にござります。御恩は忘れません」

因碩はもう一度深く頭を下げた。

「もうよい」仙知は言った。「今、茶を淹れさせるので、飲んでいくがよい」

「お言葉に甘えて、お相伴に与ります」

まもなく女中が茶を持ってきた。二人はそれを飲みながら、世間話を交わした。

「ところで因碩殿は、丈和殿の名人碁所願書の件は知っておられような」

ふと仙知は言った。因碩は頷いた。

「とんでもないことでござります。家督を継いでわずか二ヶ月、八段になって一ヶ月で名人碁所になりたいなどと、あまりにも性急でござります」

「その通りだ」と仙知は言った。「名人というものは多くの碁打ちに推されてなるものでござる。自ら望んでなるものではござらぬ」

「それがしもそう思います。ですが、丈和殿のことですから、おそらく反対があれば、争碁をもって決すべしというつもりでいるやもしれませぬ」

因碩の言葉に仙知は顔をしかめた。争碁となれば、自分が矢面に立つことになるからだ。

かつて「元丈・知得」と並び称され、丈和にも「虎の如く」恐れられた仙知も、最近は体力の衰えを感じ始めていた。丈和との争碁はおそらく命を削る戦いとなるだろうと思うと、気が重かった。

因碩はいきなり「申し訳ござりませぬ」と言った。

「なぜに謝られるのか」

「丈和殿の名人を阻止するため、本来はそれがしが争碁を打たねばならないにもかかわらず、棋界の至宝ともいうべき仙知殿に争碁を打たせるのは、実に心苦しいものがあるからでござります」

「因碩殿は丈和と争碁を打ちたいと申されるのか」

「それがしは十五歳の頃より、丈和殿とは七十局近くも打ち続けて参りました。丈和殿に互先になることを励みに精進して参りましたが、文政五年の碁を最後に、対局を忌避され続けております」

「丈和殿が貴殿との手合を避けているという噂は本当であったか」

「しかり。この数年、人を介して何度も手合を申し入れておりますが、打とうとはしません。ですから、もし争碁で打てるものなら、存分に打ちたい一心でござります」

「そうであったか——今日まで随分悔しい思いをしていたことであったろうな」

「何より残念なことは、七段のそれがしが八段の丈和殿の名人碁所願いを阻止するための争碁は打てないことです」

　仙知はしばらく黙っていたが、やがてぽつりと言った。

「もし貴殿が八段に昇段したならば、如何とする？」

「それであれば、不肖井上因碩、仙知殿に代わって、丈和殿の名人を争碁によって阻止いたします。丈和殿と打てば、おそらく打ち分けになるでしょう。古来、名人は他と隔絶した技量の持ち主であるべきとされております。同じ八段相手に勝ち越せないとあれば、名人の資格なしということで、願書は却下となるのは必定です」

　仙知は黙って頷きながら、たしかに二人が打てば打ち分けになるだろうと思った。

因碩の先番の強さは仙知も十分に知っている。丈和が対局を忌避するのも頷ける。しかし丈和の先番もまた無敵である。その二人が戦えば、かつての元丈と自分がついに打ち分けた如く、永久に雌雄が決することはないだろう。

仙知はしばらく熟慮すると、「よろしい」と言った。「因碩殿の八段昇段の添願人となろう」

「まことにございますか」

「二言はない」

「有難き幸せにございます」

因碩は両手を畳につけて言った。

「もし八段を受けることになれば、この身を賭して、丈和殿の名人を阻止する所存でございます」

「因碩殿ならば、丈和の野望を抑え込むことができるであろう」

三日後、安井仙知は井上因碩の八段昇段を推挙する旨を本因坊家と林家に通達した。丈和と元美にとっては唐突な報せであったが、碁界の長老であり、人望も厚い仙知の推挙とあれば、二人とも反対はできなかった。

こうして井上因碩は八段半名人に昇りつめた。七段上手になってわずか四ヶ月、その間、一局の手合も打たずに昇段という異例中の異例だった。

これで碁界は一気に三人の八段を擁することになり、名人をめぐる争いがいよいよ熾烈なものとなってきた。

四

文政十一年（一八二八年）二月十六日、安井家において、家元四家の会議が行なわれた。議題は本因坊丈和の名人碁所願書についてだった。

集まったのは本因坊丈和、安井仙知、井上因碩、林元美、それに服部因淑の五人である。因淑は家元の当主ではないが、それまでの功績と実力から碁界の長老格として遇されていた。

まず仙知が口を開いた。

「本日、家元衆にお集まりいただいたのは他でもない。本因坊丈和殿の碁所就位出願について、皆様のご意見を賜りたいというものでござる」

一同は緊張した面持ちで聞いている。家元たちが名人碁所について議論するのはおよそ六十年ぶり、ここにいる誰もが初めてのことである。

「丈和殿の願書には、林元美殿が添願人となっておられるが、井上因碩殿からは異議が申し立てられている」

　仙知がそう言うと、元美が「仙知殿はいかにお考えあられるか」と訊ねた。

「本因坊丈和殿は棋界の第一人者としての力は十分にあると考えている。しかしながら半名人になって、わずかひと月である。その間、一局の手合もない。名人碁所の地位に就くのは時期尚早ではないかと考える」

　仙知の言葉に対して元美が反駁した。

「お言葉ではありますが、丈和殿は以前から八段の力はありました。今回の八段昇段は遅すぎた感がありました」

「それは認めよう。しかし、八段としての手合で打っていないこともまた事実である」

「それを言うなら、七段として一局の手合も為さずに八段に昇段した因碩殿は如何に思われますか」

「この席は丈和殿の名人碁所就位についての話し合いである、因碩殿の昇段は別の話である」

　仙知に強い口調で言われて、元美も黙った。

　仙知は続けた。

「本日は家元の他に、服部因淑殿にもお越しいただいている。棋界の大先達としてのご意見を頂戴したいと思う」

「家元の当主の皆様を前に、不束者が愚見を申し上げる無礼をお許しいただきたい」

因淑はそう口上を述べてから、静かに言った。

「仙知殿のおっしゃることがまっとうなご意見であると存じます」

仙知は大きく頷くと、皆を見渡して言った。

「どうやら丈和殿の名人就位は時期尚早という意見が多いようである。したがって寺社奉行には、今回の丈和殿の名人碁所願いは見送るという書状を提出するということでよろしいか」

「一言申し上げてよろしいでしょうか」

それまで黙っていた丈和が初めて口を開いた。

「たしかに名人は、家元衆が揃って推薦してなるのが形であります。本因坊道策師しかり、井上道節師しかり、本因坊道知師しかり。しかしその一方、故障を唱える者あらば、争碁で決めるというのもまた、その形の一つです。これも前例はいくつもござります。前の碁所の本因坊察元師も争碁に勝利されて碁所と相成りましてござります」

それを聞いて因淑と因碩はわずかに顔をしかめた。察元に争碁で敗れたのは因淑の大師匠にあたる井上春碩であったからだ。

丈和は続けた。

「また二世安井算知殿の碁所就位に対して本因坊道悦師が故障を唱え、争碁となった例もござります」

仙知が露骨に不快そうな表情を見せた。二世算知はその争碁に勝利することができずに、半ば内定していた名人碁所の座を降りることになったからだ。

「つまり、丈和殿は争碁で決着をつけたいと申されるのだな」

「もとよりその覚悟でござります」

丈和は傲然と言い放った。

仙知は、後々棋界に大きなしこりを残すことになる争碁だけは何としても避けたかったが、どうやらそれは無理だと悟った。だが、そのための手は打ってある。

「そこまで覚悟されているなら、仕方がない。だが争碁となると、その相手は誰になるか——」

仙知はそう言って、因淑の方を向いた。

「因淑殿の意見を伺いたい」

一同が因淑に注目した。因淑は咳払いをひとつしてから言った。

「丈和殿の争碁の対手となれば、やはり当代の宿老である安井仙知殿をおいてほかにないと存じます」

仙知の顔色が変わった。これはどういうことだと思った。因碩から何も聞いていないのか——。しかし努めて冷静を装い、次に因碩に訊ねた。

「因碩殿の所存は如何に」

因碩は、はて、というふうに首を少し捻った。

「如何にと申されましても、因淑殿のおっしゃる通りかと」

その答えを聞いて、仙知は誑かされたと悟った。

因碩には初めから争碁を打つつもりなどなかったのだ。すべては自らの八段昇段のために詭計を用いたのだ。いや、それだけではない。自分と丈和を争わせ、あわよくば漁夫の利を得ようとしているのだ――。

真実はまさに仙知が見抜いた通りであった。因碩は、仙知と丈和が争碁を打てば、どちらが勝とうが、無傷では終わらぬと見ていた。もし仙知が勝てば、丈和の碁所は取り止めになるが、仙知が名人になるわけではない。そこで己が名人碁所願いを出せばよいと思っていた。また丈和が勝ったとしても、同じ八段である己が次に争碁を打てばいいのだ。

いずれにしてもそれは何年後か先になる。時が過ぎれば過ぎるほど、老齢の仙知や四十半ばの丈和にとっては不利になる。

因碩と因淑のたくらみを悟った仙知の怒りは凄まじかった。席上、やおら立ち上がると、語気鋭く言った。

「おのおのがたの思惑はわかり申した。かくなる上は、拙者が丈和殿と争碁を打とう」

場は静まり返った。

仙知は丈和を睨みつけて言った。

「老いたりとはいえ、安井仙知、容易な相手ではござらぬぞ。この争碁は、命懸けで打つ」

丈和の頰が緊張で引きつった。

近年、仙知の碁はやや穏やかなものになったという声も一部にあったが、若き日の恐ろしいまでの強さを知らぬ者はない。そのヨミと力は凄まじく、他ならぬ丈和自身が虎の如く恐れたほどだ。その仙知が命懸けで打つという。これに勝利するのは、まさに容易なことではないだろう。

次に仙知は因碩に向かって言った。

「因碩殿、貴殿は兵学に詳しいと聞いている。さすれば、このたびのことも兵法を用いてのつもりかもしれぬ。だが、一つ言いおくべきことがある」

「なんでござりましょう」

因碩はすました顔で言った。

「碁打ちたる者、戦いは盤上で決着をつけるのが本道。盤外の勝利に喜ぶは兵法家であって、碁打ちではないと心得よ」

その言葉を聞いた瞬間、因碩は胸を錐(きり)で突(つ)かれたような気がした。同時に、己はもしかしたらとんでもない過ちを犯したのかもしれぬと思った。権謀術数に淫し、碁打ちとして最も大事なことを忘れていたのではないか――。しかしもはや矢は放たれた。今さらどうすることもできぬ。放たれた矢はいずこへ落ちるか。

翌日、仙知は寺社奉行である信濃国飯田（現・長野県飯田市）藩主、堀大和守親寚に争碁の願書を提出した。

寺社奉行は基本的に四人が勤番で務めるが、たまたまこの月の寺社奉行が堀大和守だった。

ただ、願書を出したからといって、許可が下りるとは限らなかった。名人碁所を懸けての争碁となれば、寺社奉行にとっても大変な事態である。

本来、名人碁所は棋力、人格ともに申し分なしということで各家元の推薦のもとに決まるのが形である。家同士の争いに発展するのは、寺社奉行の監督不行き届きとも見られかねない。寺社奉行は勘定奉行や町奉行などとは比べものにならないほど大きな役職であり、これに任ぜられた後は大坂城代や京都所司代の重役、最終的には老中に列せられることも多く、それだけに任官中は失態を演じたくないというのが、多くの寺社奉行の本音だった。したがって今回も寺社奉行が仙知と丈和の両名を呼び出し、波風立てぬように言い含めるのではないかとも見られていた。

ところが、その月の終わり、堀大和守より家業奨励の名目をもって争碁の許可がおりた。

大和守は「堀の八方睨み」と称されたほど聡明な人物として知られていた。おそらく今回は穏便に済ませることはできない状況と見たのであろう。

ともあれ、ここに六十二年ぶりの名人碁所をめぐっての争碁が行なわれることが決まった。

五

江戸の碁好きたちは大いに沸いた。

名人碁所をめぐっての争碁など、一生に一度見られるかどうかの大勝負だったからだ。しかも争碁を打つのが当代一と言われる安井仙知（知得）と本因坊丈和である。碁を知らない者にも、この二人の名前はつとに知られていた。

この数年の丈和は「半名人を超える技あり」と喧伝されていたが、仙知もまた元丈とともに「入神の芸の持ち主」と言われた碁打ちである。まさしく龍虎相撃つの図である。

丈和は師の元丈を訪ねて争碁の報告をした。

本意ではないとはいえ、師の友である仙知と争うことになったことで、あるいは叱責されるのを覚悟していたが、元丈は何も言わなかった。

「争碁となれば、もはや家の戦いである。坊門の名を汚す(けが)ような碁だけは打つな」

「畏(かしこ)まりました」

「お前は知得に先番で一度も負けてはいないが、知得の碁の深さを、まだ知らぬ」

「はい」

「この争碁で――」と元丈は言った。「お前は知得の本当の恐ろしさを知ることになるだろう」

同じ頃、服部因淑は因碩を訪ねていた。

「さすがは我が息子だ。仙知と丈和を戦わせて、高みの見物をなし、その勝者に挑むというのは、まさしく見事な兵法である」

因淑は因碩を誉(ほ)めそやしたが、因碩の表情はすぐれなかった。仙知に言われた一言がずっと胸に突き刺さっていたのだ。

「父上、丈和との争碁はそれがしが打つべきだったのかもしれませぬ」

「何を言うのだ。お前の目的は名人碁所になることではないか。仮にお前が丈和に争碁で勝っても碁所には就けぬ。なぜならば、仙知が必ず故障を唱えてくるからだ。つまり、お前が名人になるためには、丈和、仙知の二人を破らねばならぬという仕儀だ。しかし仙知と丈和を戦わせた後、その勝者に勝てば、すんなりと名人に就ける」

因淑の言う通りだった。そもそもこれは因碩自身が考えた筋立てだ。

「それに考えてもみよ。丈和はこの何年もお前との対局を逃げてきたではないか。不戦を利用したのはむしろ丈和だ」

「それはそうなのですが――」

「大望の前に小さなことにこだわるな」因淑はそう言った後で付け加えた。「宋襄の仁の轍を踏むな」

因碩は苦笑した。

「宋襄の仁」とは、春秋時代、宋の襄公が楚との戦いにおいて、敵が渡河した直後、布陣完了しないうちに先制攻撃をかけようという部下の進言に対し、「君子が困っている時に苦しめてはならない」と、これを退け、敵が布陣するのを待った結果、戦いに敗れてしまったことを嗤った中国の故事である。

「よいか、お前は名人碁所になるために碁打ちになったのだぞ」

父の言葉に因碩は黙って頷いた。

碁界注目の争碁であったが、寺社奉行からは一向に日取りやその他の沙汰が出なかった。

争碁となれば当事者同士が勝手に打つわけにはいかない。寺社奉行が何番勝負と決め、日時も場所も定めによって決めたうえで行なわれるからだ。

そして日が過ぎるうちに、争碁を認めた堀大和守親寚が転役となった。同じ寺社奉行の三河吉田（現・愛知県豊橋市）藩主、松平伊豆守信順が争碁の係となったが、具体的な段取りは決められないままに日が過ぎた。あるいは争碁などという面倒なことを自分の月番の内に行ないたくなかったのかもしれない。

そうこうするうちに、春になって安井仙知が病に倒れた。仙知はこの年、五十三歳、当時は老齢とも言える年だ。加えて、二月からの心労と怒りが大いに健康を損ねたのであろう。

仙知の病によって、争碁はいつ実施されるか見通しが立たなくなったが、寺社奉行にしてみれば、逆に都合がよい事態となったともいえた。

丈和は、もしかするとこのまま争碁は行われないかもしれぬと思った。あるいは仙知が亡くなるという事態も有り得る。そうなれば、畢竟、争碁の相手は因碩となる。仮に仙知との争碁に勝ったとしても、次に出てくるのはやはり因碩である。

やはり因碩とは雌雄を決しなければならぬか——そう思えば、むしろ覚悟もできた。この数年、因碩との手合を避けてはきたが、ついに戦う時が来た。

文政十一年（一八二八年）八月、丈和は井上因碩に対局を申し入れた。来たるべき因碩との争碁に備えて、その力を見たかったのだ。はたして因碩の力は己に並んだのか、それとも――。

同時にその対局は、仙知の病が癒えた時に備えての腕試しという意味もあった。長らく骨のある相手との対局から遠ざかっていただけに、いきなり仙知のような強豪と対決するのは危険である。因碩ならば相手にとって不足はない。

丈和からの突然の申し出に因碩も驚いたが、喜んで受けた。因碩にとっては何年も待ちわびた対局であった。

その年の九月三日、本因坊家で、丈和と因碩の碁が打たれた。実に六年ぶりの対局である。

これは奇妙な対局だった。なぜなら催主もなく観戦者もいない碁だったからだ。家元の当主同士、しかも互いに八段半名人の碁がそんなふうに打たれることはまずない。同じ八段同士とはいえ手合は先々先で、因碩の先番だった。

二人はこれまでの碁と同じように序盤から激しく戦った。因碩は左上から白石を上辺に押し付けるようにして打った。白にかなりの地を与えることになるが、躊躇はなかった。厚みで全局を支配しようという大きな構想力を持つのが因碩の碁の特長である。

三十八手目に丈和がオシを打った時、因碩の目が光った。石音高くハネを打った。丈和はすかさずキリを打った。因碩は左下隅のカケツギからアテを決めた後、切られた石をノビた。捨石にしようというものだった。丈和は、しくじったと思った――次の因碩の手が見えたのだ。

因碩は内側からノゾキを打った。これも捨石だった。上から上辺をアテ、さらに右上からのハネを打った。この一連の流れるような手順に、因碩の指はしなった。

丈和は表情をこわばらせて受けた。すべて手を抜くわけにはいかなかった。しかもそこまで打って、上辺の白地の中の黒石は死に石に見えて、劫(こう)の手が残っていて、完全に取り切れていないのだ。

因碩は左辺の白石をケイマで追い立てた後、五十五手目で上辺の黒石をカケツギで補強した。これで黒は弱い石がすべてなくなり、中央の白が一方的に攻められるだけの形となった。

丈和は五十六手目をなかなか打とうとしなかった。まだ日は高く、夕暮れまでにはかなり時間がある。

因碩は、丈和は次の手を打たないかもしれないという予感がした。

はたして丈和は半時(はんとき)（一時間）ほど考慮した後、言った。

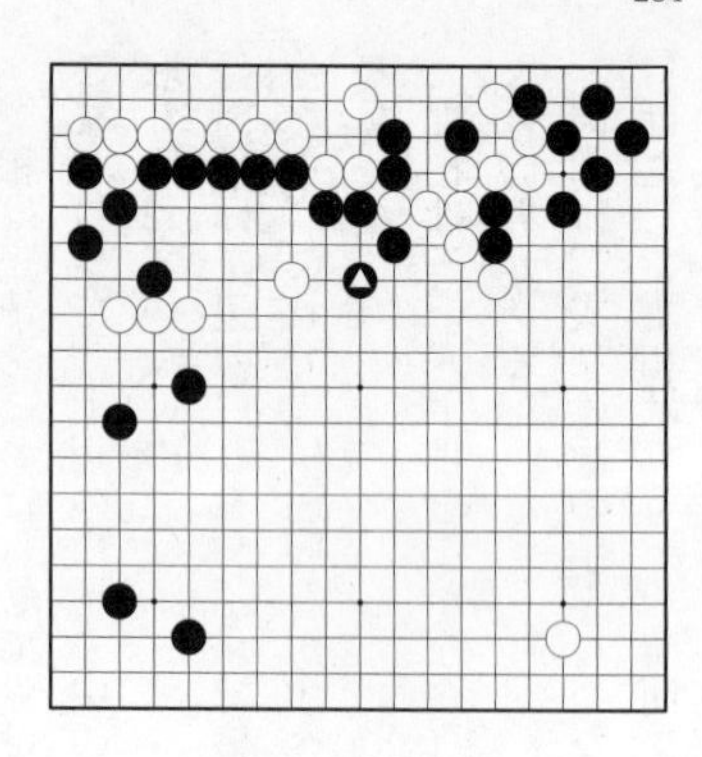

文政11年（1828年）9月3日
本因坊丈和
先々先　先番　井上因碩
55手△で打ち掛けとなったが、この時点で黒が圧倒的にいいと言われる

「ここで打ち掛けにしよう」

因碩は黙って頷いた。

石を片付けながら、おそらくこの碁は打ち継がれることはないだろうと思った。だが、それでもかまわない。この碁は己の勝ち碁である。後世の誰が見てもそう思うに違いない。丈和がここで打ち掛けを宣言したのは、ほとんど敗北を認めたも同然だった。わずか五十五手で丈和をほぼ一方的に追い込んだのだ。


因碩が予見した通り、文政十一年九月、名人碁所をめぐって各家元が虚々実々の駆け引きを行なっている最中に打たれたこの碁は、ついに打ち継がれることはなかった。現代のプロ棋士の多くも黒の大優勢を認めている。中には、実質的に黒の中押し勝ちという棋士もいる。

六

因碩と丈和が六年ぶりに対局する少し前、幕府を揺るがす出来事が長崎で起きていた。後にシーボルト事件と呼ばれるものである。

文政十一年（一八二八年）九月、五年間の日本滞在を終えて帰国しようとしたドイツ人医師シーボルトの荷物の中に、伊能忠敬の日本地図が入っていたことで、大問題となった。この地図は江戸城紅葉山文庫に保管されている『大日本沿海輿地全図』で、国外持ち出し禁止のものだったからだ。その地図は異国に軍事利用される恐れがあった。

シーボルトはただちに役人に取り調べられた。そして地図をシーボルトに渡したのは幕府天文方の役人、高橋景保であることが判明し、高橋を含む多くの関係者が捕えられた（高橋景保は後に獄死）。

実際のところは、シーボルトはスパイではなく、単なる好奇心と日本の土産のつもりで地図を持ち帰ろうとしたのだろう。彼は日本の風俗、歴史、自然などを調査し、ヨーロッパに向けて紹介していた。また動物学や植物学にも通じ、日本で多くの弟子を持ち、日本の西洋学の恩人とまで言われた人物であった。

しかしこの数十年、複数の国からの開国要求、さらに異国船の上陸事件などもあって、神経を尖らせていた幕府にとっては、見過ごすことはできない事件だった。シーボルト事件の裏には、彼と手を結んで密輸を行なっていた薩摩藩への無言の圧力があったとも言われるが、ここでそのことに関して紙面を割くことは措く。

因碩がシーボルト事件を知ったのは、その年の暮である。

日本が大きな歴史の渦に巻き込まれようとしている、こんな時にはたしてのんびり碁など打っていてよいものだろうか、と因碩は思った。名人碁所はたしかに何ものにも代えがたい素晴らしいものである。碁打ちに生まれた限りは命を懸けてこれを求めるべきであり、この座に就ける喜びは武士が天下を取る喜びにも比される。

だが、碁だけが己の人生なのだろうか。男として生まれた限りはもっと大きな生き方があるのではないか。もし、この国が大難に見舞われた時には、小さな碁盤の世界ではなく、この日本を舞台に命を躍らせたい――。

しかしそれは望んでも無理な話だった。因碩は今ほどただの碁打ちである自分の身を恨めしく思ったことがなかった。

さて、争碁の係となった松平伊豆守は、仙知の病を理由に争碁の番数や日取りなどを決めようとしなかった。厄介ごとを先送りしているのは明らかだった。そしてその年の暮に、新たに寺社奉行となった常陸国土浦（現・茨城県土浦市）藩主、土屋相模守彦直にその任を押し付けてしまった。

土屋相模守は三十一歳の若い寺社奉行だったが、彼もまた争碁の段取りを決めようとはしなかった。争碁となれば、対局場として屋敷も提供しなければならないし、人手も費用も掛かる。また万が一にも粗相などがあってはならぬ。できれば、うやむやにしてしまいたいというのが相模守の本音だったろうと思われる。

年が明け、文政十二年（一八二九年）となったが、寺社奉行からは依然として本因坊家に何の沙汰もなかった。だからといって、家元の方から寺社奉行に期日を迫るわけにもいかない。

四月のある日、丈和は林元美を呼んで相談した。

「寺社奉行からはまだ何の報せもないのか」

元美が訊いた。丈和は苦りきった顔で頷いた。

「聞けば、仙知殿の病は癒えているらしいではないか」

「それは知っている」と丈和は答えた。

「それなのに、寺社奉行から一向に沙汰がないのは、相模守様は争碁を行ないたくないという意志なのであろう」

「それならば、どうにもならぬ」丈和は言った。「仙知殿と争碁を打って勝てるとは限らぬが、争碁が行なわれなければ、名人碁所にも就けぬ」

「いや、そうとは限らぬぞ」元美は言った。「奉行所はあくまで争碁を避けたいだけで、名人碁所は別の問題だ」

「それはどういうことか」

「本来、名人碁所は四つの家元がすべて推す人物がなるものとされているが、それはあくまで建前だ。たしかに二家が反対すれば難しいが、三つの家が賛意を示せば、奉行所は碁所を認めるのではないか」

「一理あるな」

「寺社奉行にとっても、安井家と井上家の賛成を取り付けるのは相当な困難である。仙知殿はあのように頑固一徹だし、因碩の奴はそれがしを徹底的に嫌っておるゆえ」

「そうはいえど、棋界に四十年以上も碁所不在となっている状況は決してよいこととは見做していないはずだ」

「好悪は関係ない。碁においても、好きな手と打ちたい手は別ではないか」

元美の喩えに丈和は思わず笑った。たしかに勝利を得るためには時に嫌な手を打つのも碁である。

「拙者にはひとつ考えがある」

元美は声を潜めてあることを言った。

それを聞いた丈和は、うーんと唸った。

「はたしてうまくいくものだろうか」

「やってみないことにはわからん。しかしこのまま動かないでいても果報はない」

「よし、やってみよう」

謀の相談を終えた後、元美はふと丈和に言った。

「以前から、気になっていたのだが、なぜにお主は碁を打った後に、博打をするのだ」

丈和は苦笑いした。

丈和の博打好きはよく知られている。「毛氈をそのまま置けと丈和言ふ」という川柳さえ残っているほどだ。あらたまった対局の場では毛氈が敷かれるが、対局を終えた直後に毛氈の上で花札博打を楽しんだ丈和を揶揄したものだ。

「それがしが博打に興ずるのは、碁の勝負を忘れるためだ」

「それは如何なる意味か」

「碁の勝負はきつい。なぜというに、負け碁のすべては自己の未熟さゆえに、己自身が背負わねばならぬからだ。それに比べ、博打は運否天賦だ。勝ちも負けも、所詮は己の力の及ぶところではない。勝負を天に任せるというのは、むしろ清々しいのだ」

元美は黙って聞いていたが、やがて納得したように小さく頷いた。

数日後、丈和は井上因碩に手紙を届けた。手紙には、これまでの二人の軋轢は御破算にして、井上家は丈和の名人碁所願いに賛意を示してほしいと書かれてあった。

因碩は今さら何を図々しいことをと鼻で笑い、手紙を破り捨てようとしたが、その後に書かれている文章が目に入り、手が止まった。もし丈和が名人碁所に就けば、六年後にこれを因碩に譲るとあったからだ。

手紙はその款（契約書）を交わそうではないかというものだった。条件は、丈和が名人碁所を譲る時は井上家から本因坊家へ二百両を差し出すというものだ。ただ、最後に次のような一文もあった。

「而して、碁所は元上の命ずる所にして、相互間に於て如何とも為す能はざるものなれば、其取交の証書には素より此等の事を明記する限りにあらず。依て、文面には只『甲乙無之芸』」（『坐隠談叢』による）

つまり、款には幕府が任命する碁所を、碁打ち同士がやり取りすると書くことはできないので、「丈和と因碩の技量は甲乙付けがたいものであることを両者認める」と記すというものだ。

因碩は父の服部因淑に相談した。

因淑は丈和の手紙を仔細に読んでから言った。

「これは悪くない話かもしれぬ」

因碩は黙って父の次の言葉を待った。

「六年は長いようで短い。このまま寺社奉行の沙汰を待っておれば、等閑にされたまま六年くらいは過ぎてしまうやもしれぬ。だが、丈和の条件を呑めば、六年後には名人碁所の座が手に落ちるのだ」

「二百両の件はどう思われますか」

「たしかに大金ではある。ただ、名人碁所就位となれば、披露祝儀の金だけでも相当なものになるし、稽古料や免状料も高額になる。二百両くらいは簡単に取り戻せる」

因淑の言葉を聞いて、因碩も肚を決めた。これは悪くない話どころか、むしろ願ってもない話ではないか。もしこれから丈和と争碁を打つとなれば、決着がつくのは何年先になるのかわからない。勝つ自信はあるが、勝負事に絶対はない。万が一敗れたなら、名人碁所は本人が退隠しない限り終身在位なので、二度と名人になる機会は訪れないと考えていい。しかし丈和との密約が成立すれば、六年後には黙っていても名人碁所の座が転がり込んでくるのだ。

これまでに弄した様々な策がここにきて生きてきたと思った。己を恐れればこその申し出だ。工作は無駄ではなかったのだ。これぞ兵法の勝利である。

二日後、因碩は本因坊家を訪ね、丈和と具体的なことを話し合った。

二人が対局の場以外で言葉を交わすのは何年かぶりだった。碁会の場で同席することはあっても、ほとんど口をきくことはなかった。

「先日の手紙の件はまことか」

丈和の部屋に通された因碩は、時候の挨拶なども抜きにして単刀直入に訊いた。丈和は平然とした顔で、「しかり」と答えた。

「六年後に碁所を退隠して譲るということでよろしいか」

「左様」と丈和が言った、「ただし、その時には井上家から二百両をご用意いただくことになるが」

「そのことは承知しておる」

言いながら因碩は丈和の顔を覗き込んだ。四十を超えたその顔にははっきりと老いの色があった。因碩は丈和の焦り(あせ)を見たような気がした。たとえわずか六年であっても、一度でいいから名人碁所の座に就きたいという悲願を抑えきれなかったのだ——。

因碩は丈和を手玉に取った喜びが内から湧き起こるのを覚えた。

丈和は言った。

「大事なことは、拙者の碁所願書に、因碩殿の推薦文を添願書(てんがんしょ)としてご提出いただくこと」

因碩は丈和の目を見た。丈和もまたその視線を受け止めた。

二人はしばし無言で睨(にら)み合った。

「よろしい」と因碩は言った。「後日、添願書を作成することにする」

「こちらも款(かん)を作る。互いに二通ずつ作るということでよろしいか」

「むろんである」

因碩はそう言うと、「それでは失礼する」と立ち上がった。


三日後、因碩は添願書を携(たずさ)えて、本因坊家を訪れた。

丈和は渡されたその場で添願書を読んだ。

「見事な推薦文である、かたじけない」

因碩はにこりともせずに頷いた。こんな学のない男に文章の佳し悪しがわかるものかと思った。

「これが拙者が用意した款である」

丈和はそう言って、一枚の書状を渡した。そこにははっきりと六年後に退隠するということ、そして因碩が碁所に就く場合は二百両を支払うことが拙(つたな)い文字で書かれてあった。

「いかに外には出さぬ款とはいえ、官賜(かんし)である碁所を譲るとは書けぬ。そこはお汲(く)みおき下さるように」

因碩は無言のまま頷いた。互いにお上を誑(たぶら)かす約定(やくじょう)だけに、具体的に言葉にするのははばかられたのだ。

「ただ、この款のことはまだ元丈師には知らせておらぬ。よもや反対されるとは思わぬが、これほどの大事を、先代をないがしろにして話を進めるわけにもいかず、一応、許しをいただいてから、因碩殿にお渡ししたい。一両日以内に拙者が自らお届けすることになる」

「承知いたした。ではお待ちしている」

丈和は因碩から受け取った推薦文の一通を添えて、あらためて寺社奉行に名人碁所願書を提出した。

『坐隠談叢(ざいんだんそう)』には、因碩の書いた推薦文の原文が載っている。

「口上覚

本因坊奉願候勝負碁之儀に付御尋之趣篤と勘弁仕旧記共相調見候処、此一冊見当り申候得ば、則本因坊と争論可仕家筋無之、其上、私儀は幼年より当本因坊と数番稽古碁も仕預取立候由緒も御座候。且、所作も相勝れ、仲間内勝負合も宜御座候故、於私も本因坊願之通手合相進候様仕度奉存候。此段申上候。以上

丑五月九日　井上因碩」

これは嚙み砕いて書くと、「先日、私が願い出ました争碁の件を取り下げたく思います。井上家と本因坊家は昔から親しく、私も本因坊（丈和）とは幼少の頃より何度も稽古碁を打ってもらった関係です。本因坊は人柄も優れ、家元の碁打ちとの成績もよく、私も本因坊の名人願いには同意するものです」というものである。日付けの丑というのは文政十二年のことである。『坐隠談叢』が正確な文章を記しているのは、おそらく本因坊家に長らく本物か、写しが残されていたのだろう（『坐隠談叢』は様々な資料から書かれているが、その中には『本因坊家旧記』も含まれる）。

因碩はこれで丈和が名人碁所になれば、六年後にはその座が転がり込んでくると、一人ほくそ笑んだ。

ところが何日待っても、丈和が持ってくるはずの、六年後に退隠すると約した款は一向に届かなかった。催促してもなしのつぶてだった。

因碩の心に疑念が生じ始めた頃、服部因淑が血相を変えてやってきた。

「大変な事態だ」

因淑は汗を拭きながら言った。

「丈和に誑かされたぞ」

「坊門にわしの縁故の者がいる。そいつに聞いたのだが、丈和は、名人碁所を譲る気は毛頭ないというのだ。退隠の款など交わす気は毛頭ないらしい」

「何と！」

因碩の顔から血の気が引いた。やられた——。すでに添願書は寺社奉行に提出されている。いかに悔やんでも後の祭りである。もし、これで丈和の名人碁所就位が認められれば、すべては終わる。なんという迂闊なことをしたのか。丈和を舐めすぎた。まさに策士策に溺れるではないか——。

願うは、寺社奉行が丈和の名人碁所を許さぬことだ。安井仙知の断固とした反対があれば、寺社奉行も躊躇することは十分に有り得る。因碩はそれを一縷の頼みとした。

〔下巻へつづく〕

〈おもな囲碁用語〉

空き隅　あいている隅のこと。

アゲハマ　対局中に囲って取り上げた相手の石。

アタリ　相手の石を囲み、あと一手で石を取れる状態。そういう状態にする手を**アテ**という。

オサエ　相手の石の進入を防ぐために、相手の石に沿って打つ手。

オシ　相手の石に接触して（押しつけて）一歩もひかず自分の石を伸ばす手。

カカリ　相手の隅の石に辺の方から接触せずに一間ほどあけて仕掛けていく手。

カケツギ　キリを防ぐために、相手の石が入ってきても次の手で取れる状態にしたツギ手。

キリ　相手の石を切断する手。

グズミ　部分的にはダンゴ状に重なって働きの悪い形だが、その局面では有効な手。

ケイマ　相手の石から縦二路、横一路（縦一路、横二路）離れたところに打つ手。将棋の桂馬の動き方に由来する。

コスミ　自分の石から斜めに打つこと。

コスミツケ　コスミの手で相手の石にツケる（くっつけて打つ）こと。

小目（こもく）　碁盤の外側から見て三番目の線と四番目の線の交わった場所。
サガリ　自分の石を碁盤の端に向かってつなげて伸ばす手。
シチョウ　アタリ状態が階段状に連続し、最終的には石を取られる形。
シチョウアタリ　シチョウの行き先に打って、シチョウの成立を阻止する石。
シノギ　相手の勢力圏のなかでなんとかして活きること。
シマリ　隅にある自分の石の近くに補強として打ち、隅の陣地を囲う手。
捨石　得をするためにあえて小さく石を捨てること。
スベリ　相手の地の中に入り込んで、地を減らしてしまうこと。
ツギ　キリを防ぐために、自分の石と石をつなぐこと。
ツケ　相手の石の隣にくっつけて打つこと。
デ　相手の石の間に出ていく手。
トビ　自分の石から一間、二間ほど間をあけて打つこと。
ノゾキ　次に打つと相手の石を切断できる場所へ打つ手。
ノビ　自分の石の隣に打って伸ばすこと。
ハネ　相手の石が接触しているとき、相手の行く手を遮るように自分の石を斜めに打つこと。
腹ヅケ　二子並んだ相手の石の側面にツケる手。

ヒキ　相手から圧力を受けたときに自分の石を一歩引いてつなげて打つこと。

ヒラキ　自分の石を補強するため、自分の石と石の間をあけて辺と平行に打つ手。

ボウシ　相手の石に向けて中央から一間あけて圧力をかけて打つ手。

本書は「週刊文春」二〇一五年一月一・八日号から二〇一六年十一月十日号まで連載したものに加筆した作品です。
また、文庫化にあたって、二〇一六年十二月に小社から上下二巻で刊行された単行本を、三分冊にしました。

DTP制作　エヴリ・シンク

文春文庫

幻庵（げんなん） 中

定価はカバーに表示してあります

2020年8月10日　第1刷

著者　百田尚樹（ひゃくたなおき）
発行者　花田朋子
発行所　株式会社　文藝春秋

東京都千代田区紀尾井町3-23　〒102-8008
TEL 03・3265・1211㈹
文藝春秋ホームページ　http://www.bunshun.co.jp

落丁、乱丁本は、お手数ですが小社製作部宛お送り下さい。送料小社負担でお取替致します。

印刷・凸版印刷　製本・加藤製本
Printed in Japan
ISBN978-4-16-791538-4

（　）内は解説者。品切の節はご容赦下さい。

安部龍太郎
等伯（上下）
武士に生まれながら、天下一の絵師をめざして京に上り、戦国の世でたび重なる悲劇に見舞われつつも、己の道を信じた長谷川等伯の一代記を描く傑作長編。直木賞受賞。（島内景二）
あ-32-4

安部龍太郎
姫神
争いが続く朝鮮半島と倭国の平和を願う聖徳太子の遣隋使計画。海の民・宗像の一族に密命が下る。国内外の妨害工作に悩まされながら、若き巫女が起こした奇跡とは——。（島内景二）
あ-32-6

安部龍太郎
おんなの城
結婚が政略であり、嫁入りが高度な外交だった戦国時代。各々の方法で城を守ろうと闘った女たちがいた——井伊直虎、立花誾千代など四人の過酷な運命を描く中編集。（島内景二）
あ-32-7

浅田次郎
壬生義士伝（上下）
「死にたぐねえから、人を斬るのす」——生活苦から南部藩を脱藩し、壬生浪と呼ばれた新選組で人の道を見失わず生きた吉村貫一郎の運命。第十三回柴田錬三郎賞受賞。（久世光彦）
あ-39-2

浅田次郎
輪違屋糸里（上下）
土方歳三を慕う京都・島原の芸妓・糸里は、芹沢鴨暗殺という、新選組の内部抗争に巻き込まれていく。大ベストセラー『壬生義士伝』に続き、女の〝義〟を描いた傑作長篇。（末國善己）
あ-39-6

浅田次郎
一刀斎夢録（上下）
怒濤の幕末を生き延び、明治の世では警視庁の一員として西南戦争を戦った新選組三番隊長・斎藤一の眼を通して描き出される感動ドラマ。新選組三部作ついに完結！（山本兼一）
あ-39-12

浅田次郎
黒書院の六兵衛（上下）
江戸城明渡しが迫る中、てこでも動かぬ謎の武士ひとり。勝海舟や西郷隆盛も現れて、城中は右往左往。六兵衛とは一体何者か？笑って泣いて感動の結末へ。奇想天外の傑作。（青山文平）
あ-39-16

（　）内は解説者。品切の節はご容赦下さい。

あさのあつこ
燦 7 天の刃
田鶴藩に戻った燦は、篠音の身の上を聞き、ある決意をする。城では圭寿が、藩政の核心を突く質問を伊月の父・伊佐衛門に投げかけていた――。少年たちが闘うシリーズ第七弾。
あ-43-17

あさのあつこ
燦 8 鷹の刃
遊女に堕ちた身を恥じながらも燦への想いを募らせる篠音に、伊月は「必ず燦に逢わせる」と誓う。一方その頃、刺客が圭寿に放たれ――三人三様のゴールを描いた感動の最終巻！
あ-43-18

あさのあつこ
火群（ほむら）のごとく
兄を殺された林弥は剣の稽古の日々を送るが、家老の息子・透馬と出会い、政争と陰謀に巻き込まれる。小舞藩を舞台に少年の友情と成長を描く、著者の新たな代表作。（北上次郎）
あ-43-12

あさのあつこ
もう一枝（いっし）あれかし
仇討に出た男の帰りを待つ遊女、夫に自害された妻の選ぶ道、若き日に愛した娘との約束のため位を追われる男――制約の強い時代だからこその一途な愛を描く傑作中篇集。（大矢博子）
あ-43-16

梓澤　要
越前宰相秀康
徳川家康の次男として生まれながら、父に疎まれ、秀吉の養子に出された秀康。さらには関東の結城家に養子入りした彼はその後越前福井藩主として幕府を支える。（島内景二）
あ-63-1

青山文平
白樫の樹の下で
田沼意次の時代から清廉な松平定信の息苦しい時代への過渡期。いまだ人を斬ったことのない貧乏御家人が名刀を手にしたとき、何かが起きる。第18回松本清張賞受賞作。（島内景二）
あ-64-1

青山文平
かけおちる
藩の執政として辣腕を振るう男は二十年前、男と逃げた妻を斬った。今また、娘が同じ過ちを犯そうとしている――。時代小説の新しい世界を描いて絶賛される作家の必読作！（村木　嵐）
あ-64-2